감정의 혼란

옮긴이 서정일

옮긴이 서정일은 목원대학교 교양교육원 교수로 재직중이다. 한국외국어대학교에서 문학박사 학위를 취득하였다. 저서로는 『문학의 성찰과 문화적 이해』, 『독일문학의 이해』(공저)가 있으며, 역서로는 『몰교양 이론. 지식사회의 오류들』, 『편견』, 『정의. 유럽정신사의 기본 개념』, 『나무時代』, 『가장 낮은 곳에서 가장 보잘 것 없이』, 『세계화를 둘러싼 불편한 진실』(개정판 『숫자로 보는 세계화 교과서』), 『로마제국에서 20세기 홀로코스트까지 독일 유대인의 역사』, 『문학과 역사』등이 있다.

감정의 혼란

초판 1쇄 2019년 6월 10일
초판 7쇄 2023년 10월 27일

지은이 슈테판 츠바이크
옮긴이 서정일

펴낸이 박소정
펴낸곳 녹색광선
이메일 camiue76@naver.com

ISBN 979-11-965548-1-1(03850)

이 도서의 국립중앙도서관 출판예정도서목록(CIP)은 서지정보유통지원시스템 홈페이지와 국가자료공동목록시스템에서 이용하실 수 있습니다.(CIP 제어번호: 2019017504)
이 책에 사용된 사진 중 일부 저작권자를 찾지 못한 도판은 확인하는 대로 통상의 사용료를 지불하겠습니다.

감정의 혼란

목차

츠바이크(오른쪽 서 있는 사람)와 그의 형

책 머리에

1942년 2월 22일, 츠바이크는 마지막 망명지였던 브라질에서 아내와 동반 자살했다. 그의 유서에는 이런 말이 씌어 있었다.

"바라건대 그대들은 이 긴 밤이 지나면 떠오를 아침노을을 볼 수 있기를 바랍니다! 나는, 너무 성급한 이 사람은 여러분보다 먼저 떠납니다."

한없이 이지적이며 선량한 마음을 지닌 당대 최고의 작가이지만, 동시에 보통 사람보다 훨씬 섬세한 결을 지녔던 이 사람은 결국 자발적인 의지로 죽음을 택했다. 그토록 원했던 전쟁(세계대전)의 종결, 그가 '아침 노을'이라 칭했던 평화의 여명을 보지 못하고 눈을 감은 것이다.

부유한 유대계 방직업자 아버지와 이름난 가문 출신의 어머니 사이에서 태어난 슈테판 츠바이크는 빈에서 높은 수준의 교양교육과 예술교육을 받으며 성장했다. 스무 살의 나이에 시

집 『은빛 현』으로 문단에 데뷔하여 일찌감치 작품성을 인정 받는 작가로 자리매김한 그는 세계 여러 나라를 자유롭게 여 행하면서 한 시대를 풍미하는 여러 예술가들과 교류하며 드 높은 정신세계를 구축했다. 또한 2차 세계대전 이전 백만 부 이상의 판매를 기록한 대중적인 작가이자 다른 나라 언어로 가장 많이 번역된 작가로 독일/오스트리아 문학사에 이름을 올리고 있기도 하다.

츠바이크는 벨 에포크라 일컬어지는 유럽의 황금 시대에 활동 했다. 예술과 문화가 최고조로 발달했던 그 시기를 그는 진정 으로 사랑했다. 그러나, 그토록 사랑했던 유럽이 한방의 총성 으로 촉발된 세계대전을 통해 돌이킬 수 없는 나락으로 떨어 지는 것을 눈앞에서 목도하게 된다. 황금 시대의 빛과 영광을 박살낸 것은, 아이러니하게도 그것을 구축한 그들 유럽인들이 었다. 이 때의 심경은 자신의 삶을 중심으로 유럽의 문화사를 기록한 자전적 회고록 『어제의 세계』에 잘 드러나 있다. 극심 한 상승과 하강을 삶을 통해 모두 경험한 이후, 섬세한 그의 심성은 더 이상 부조리한 세계에서 버티지 못하고 스스로 죽음이라는 길을 택하도록 만들었다.

비극으로 생을 마감했지만, 그가 쓴 수많은 소설과 평전은 오늘날까지도 세계 여러나라의 언어로 번역되어 수많은 독자들로 부터 사랑을 받고 있으며, 상당부분 영화화 되기도 했다. 또한 다른 예술영역에까지 영향을 미쳤는데, 대표적인 예가 천재 감독 웨스 앤더슨의 2014년 작 <그랜드 부다페스트 호텔 THE GRAND BUDAPEST HOTEL>이다. 앤더슨은 이 영화가 슈테판 츠바이크의 작품에서 영감을 받아 제작되었다고 밝힌 바 있다. 영화는 츠바이크의 소설 『초조한 마음』의 첫 단락을 차용해서 시작하며, 엔딩 크레딧에서 "inspired by the writings of Stefan Zweig" 라는 문구를 삽입하여 그 사실을 확고히 했다.

그의 작풍은 인간의 '데모니슈'(demonisch) 즉, 인간을 초월해서 존재하는 감정들에 대한 이야기를 탁월한 심리묘사를 통

슈테판 츠바이크 센터

해 그리고 있는 것들이 많다. 소설『감정의 혼란』또한, 고도로 지성적이지만 이성의 힘만으로는 설명되지 않는 걷잡을 수 없는 감정과 충동에 이끌리는 인물들의 심리를 생생하게 묘사한다.

기이하고 병적인 패배자들을 다루는 것, 그것이 문학의 중요한 윤리라고 생각하고 있는 독자라면 슈테판 츠바이크를 사랑하지 않을 수 없을 것이다. 그는 그런 주제들을 능숙하게 다루면서도, 생의 마지막까지 세련된 지성과 숭고한 정신을 놓아버리지 않았다. 산산조각 나버린 미래와 마주한 사람이 죽음 직전에 이르러서도 품격있는 태도를 갖춘다는 것은 결코 쉬운 일이 아니기에, 그의 책을 경외하는 마음으로 세상에 내보내고자 한다. 오늘의 독자들이 츠바이크의 문학세계를 이 작품을 통해 좀 더 친밀하게 느낄 수 있기를 소망한다.

2019년 6월
녹색광선 편집부

감정의 혼란

Verwirrung der Gefühle

감정의 혼란

나의 학생들과 동료 교수님들. 여러분께서 내게 호의를 베풀어 주셨습니다.

여기, 내 60번째 생일과 30년간의 교수생활을 기념하여 어문학자들이 엄숙한 마음으로 헌정한 기념 문집 첫 권이 있습니다. 호화로운 양장본으로 제작된 이 문집이야말로 내 인생의 진정한 전기문이라 할 수 있겠지요.

여기에는 소논문이나 축하 연설, 학술지에 기고한 소소한 비평문까지 빠짐없이 실려있습니다. 부지런함만으로는 종이무덤에서 그것들을 끄집어내는 수고를 결코 감당할 수 없었을 겁니다. 이 책은 현재의 순간에 이르기까지의 내 삶을 깔끔하게 닦아놓은 계단처럼 단계별로 잘 정리해서 표현하고 있지요.

이렇듯 세심한 배려에 대해서 기뻐하지 않는다면, 나는 정말 배은망덕한 사람일 것입니다. 내 자신이 너무도 아득해서 잊어버렸다고 생각한 일들이 이 문집 속에서 통일되고 정돈된 채 되돌아 왔습니다. 이제 노인이 된 나는 문집의 책장을 넘기면서, 학생 시절 학문의 능력과 의지를 최초로 증명해 준 성적표를 선생님으로부터 건네받은 듯한 뿌듯한 기분이 드는 것을 차마 부정할 수가 없습니다.

그럼에도, 정성들여 기록한 200쪽의 내용들을 훑어보고 그 속에 비친 나의 정신적 자화상을 살펴보니 웃음을 참을 수 없었습니다. 종이 위 전기문에 차곡차곡 기록된 것처럼, 과연 나의 삶이 처음부터 오늘까지 하나의 목표를 향해 편안한 곡선을 그리면서 상승해 온 것일까? 나는 녹음기를 통해 실제 내 목소리를 처음 들었을 때와 같은 기분이 들었습니다. 처음에는 그것이 내 목소리인 줄도 알아차리지 못했지요. 왜냐하면 그것은 분명 내 소리이기는 하지만, 내 자신이 내 피와 내 존재의 내면에서 듣는 것이 아닌 다른 사람들이 듣는 내 소리에 지나지 않았기 때문입니다.

그래서 인간을 그들의 활동을 통해 서술하고, 세계의 정신적 구조를 본질적으로 이해하는데 삶을 바쳤던 나는, 모든 성장의 원천인 핵심 세포를 파악한다는 것이 얼마나 어려운 것인지, 다시 말해 어떤 운명의 독자적 본질을 완전히 꿰뚫어 본다는 것이 얼마나 힘든 일인지를 나 자신의 경험을 통해 다시한 번 깨닫게 되었지요.

우리는 무수히 많은 순간들을 경험하지만, 우리의 완전한 세계가 고양되는 순간, (스탕달 Stendhal이 기술한 바와 같이) 모든 진액을 빨아들인 꽃들이 순식간에 한데 모여 결정(結晶)을 이루는 바로 그 순간은, 언제나 단 한순간, 오직 한 번 뿐입니다. 그것은 생명이 탄생하는 시간처럼 마술적이며, 체험된 비밀로 삶의 따뜻한 내면에 꼭꼭 숨어있기에 볼 수도, 만질 수도, 느낄 수도 없습니다. 어떤 정신의 대수학도 그 한순간을 계산할 수 없고, 어떤 예감의 연금술을 가지고도 추측할 수 없으며, 심지어는 독자적인 감정을 통해서도 그 순간을 붙잡기란 매우 어려운 것이겠지요.

그런데 이 책은 나의 영적인 삶의 경험들 가운데 가장 깊은 비밀에 관한 것은 한 마디도 없습니다. 때문에 나는 미소 지을 수 밖에 없었던 것입니다. 물론 책 속에 담긴 모든 내용은 진실입니다. 본질적인 내용만 빠져 있을 뿐이지요. 이 책은 나를 기술했을 뿐이지, 나를 온전히 밝혀주지는 못합니다. 그저 나에 대해 언급할 뿐, 나를 드러내지는 못한 셈이지요.

세심하게 기록된 목차에는 200명의 이름이 적혀 있었지만, 단 한 분, 나의 모든 창조적 충동의 원천인 그 사람의 이름은 없습니다. 내 운명을 결정하고, 두 배의 힘으로 젊은 시절의 나를 다시 소환한 그의 이름은 여기에 들어있지 않았습니다. 모든 이들에 관한 이야기가 적혀 있지만 내게 진정한 언어를 부여한 사람, 그의 숨결을 통해 비로소 내가 이야기할 수 있게 만든 바로 그 사람에 관한 내용만은 적혀있지 않았던 것입니다. 비겁하게 침묵해 온 것에 대해 새삼 죄책감이 듭니다. 평생 나는 여러 사람의 모습을 묘사해 왔고, 지난 수백 년의 인물들을 현대적인 감각에 어울리는 가장 모던한 초상화로 표현했습니다. 그런데 바로 그 분에 대해서는 완전히 잊어버리고 있었습니다.

그리하여 나는 그에게, 내 사랑의 그림자에게, 호메로스 시대처럼 내 자신의 피를 먹여 그가 다시 내게 말을 걸게 하고, 오래 전에 노쇠해 버렸을 그 분을 역시 노인이 된 내 곁에 다시 불러오고 싶었습니다. 비밀로 남겨진 한 페이지를 드러내 이 학술적인 책에는 존재하지 않는 감정의 고백을, 그리고 그 분을 위해 내 젊은 시절의 진실을 이제 스스로에게 전하려 합니다.

고백을 시작하기 전에 다시 한 번 나의 삶을 기록한 책을 대강 넘겨 보았습니다. 또다시 웃음이 나왔지요. 잘못된 접근 방법을 선택했는데 그들이 어떻게 내 내면의 참된 본질에 도달할 수 있겠습니까? 이미 첫 단계부터 틀렸습니다! 나처럼 추밀고문관으로 재직 중이며 나에 대해 호감을 갖고 있는 어느 동창생이, 내가 일찍이 인문학에 대해 아주 열렬한 애정을 갖고 있었기 때문에 다른 학우들보다 훨씬 우수했다는 터무니없는 이야기를 했던 것입니다.

친애하는 추밀고문관이여, 그대의 기억이 틀렸다네! 내게 있어서 인문고전 수업들은 한결 같이 정말 참기 힘들고 이가 갈릴 정도로 진저리나는 억압이었지요.

아버지가 북부 독일 지방의 어느 소도시에 있는 대학의 학장이셨기 때문에 책장부터 방까지 온통 교육이 일과처럼 이루어진 터라, 어렸을 적부터 나는 어문학이 끔찍이 싫었습니다.

반면 자연은 항상 신비스럽게도 창조적인 힘을 통해, 어린 내게 아버지의 성향에 대한 조롱과 반항을 심어 주었습니다. 자연은 평온하지만 나약하기 그지없는 유산도, 무의미하게 대대로 이어지는 계승도 바라지 않았지요. 자연은 언제나 힘들지만 교훈적인 먼 길을 택해 비로소 후손들이 조상들이 걸었던 그 길에 들어서도록 만들곤 합니다.

학문은 신성한 것이라는 아버지의 말씀을 도저히 참을 수가 없어서, 난 학문 따위는 그저 개념들의 궤변에 불과한 것이라고 느꼈습니다. 아버지는 고전주의자를 모범으로 떠받들었지만, 내가 보기에 그들은 그저 훈계만 늘어놓는 사람들이었고 난 그들을 경멸했습니다.

사방이 온통 책들로 가득 찼기 때문에 나는 책을 우습게 여겼습니다. 늘 아버지가 강조하신 정신적인 것들에 의해 억압받았기에, 글자로 전해져 온 모든 형태의 교양물에 대한 반항 심리가 있었지요. 그래서 고등학교 졸업 시험까지는 그럭저럭 견디긴 했지만, 그 이후에 지속적으로 학문을 계속하라는 아버지의 뜻을 격렬히 거역하게 된 것은 당연한 일이었습니다.

나는 장교나 선원, 엔지니어가 되고 싶었습니다. 그중에서 내가 꿋꿋하게 해낼 만한 소질이 있는 직종은 하나도 없었지만,

종이에 씌어진 글과 학문적인 가르침에 대한 반감이 나로 하여금 대학공부 대신 실질적 직업 활동에 종사하도록 자극했지요.

그렇지만 대학에 대해 열광적인 경외심을 갖고 계신 아버지는 내가 대학 공부만큼은 마쳐야 한다는 생각을 굽히지 않으셨기에, 나도 고집을 누그러뜨려 고전 어문학 공부 대신 영어를 전공으로 선택하겠다는 타협안을 관철시킬 수 있었던 겁니다. 내가 이 타협안을 받아들인 것은 해양 활동에 도움이 되는 언어를 습득하여 간절히 기대했던 선원 생활을 다소 편하게 펼칠 수 있으리라는 속내 때문이었지요.

그러므로 내 이력에 관한 부분에서 베를린 대학의 첫 학기에 명망 있는 교수님들의 지도를 받아 어문학의 기초를 쌓았다는 호의적인 주장만큼이나 잘못된 내용도 없을 것입니다. 격정적으로 표출된 자유의 열정에 사로잡혀 있던 당시의 내가 교수와 강사가 누구인지 어떻게 알 수 있었겠습니까!

처음 대학 강당에 들렀을 때, 곰팡내 나는 공기와 단조로우며 잘난 체 떠벌이는 설교조의 강의에 지독한 권태로움을 느꼈고, 졸음이 밀려들어 의자에 머리를 기대지 않으려고 신경 쓰지 않으면 안 될 지경이었습니다. 내가 간신히 빠져나왔다고 생각했던 학교가, 즉 높디높은 교단과 글자 하나하나에 집착하는 옹졸하고 진부한 풍토로 가득 찬 답답한 이전의 교실이 되살아 난 것입니다.

마치 얇게 열린 고문관의 입술에서 모래가 흘러나온 것처럼 느껴졌고, 마모되고 단조롭게 닳아버린 대학 노트의 언어들은 혼탁한 공기 속으로 빨려 들어갔습니다. 이미 소년 시절에 느꼈던 지루함이 오래된 골동품같은 고루한 형식주의의 공간에서 섬뜩하게 되살아났습니다. 어떤 해부학 실험을 위해 죽은 사람의 차디찬 손을 이리저리 만지는 정신의 시체 보관소로 끌려가는 느낌이었습니다.

도저히 참기 힘든 수업시간에서 벗어나 도시의 거리, 베를린 시내로 나왔을 때야 비로소 나의 반항적인 본능이 얼마나 강렬했는지 느낄 수 있었습니다. 당시의 베를린은 한 조각의 돌에서도 전기가 튕겨 나오고, 모든 거리마다 뜨겁게 요동치는 에너지가 솟아나고 있었습니다. 도시의 속도는 모든 사람에게 거부할 수 없이 파고들었으며, 자신의 성장에 스스로 놀라움에 사로잡힌 도시가 바로 베를린이었지요.

이제야 비로소 깨닫게 된 사실이지만 베를린의 기세등등한 탐욕은 나의 남성성의 흥분과 너무도 닮아 있었습니다. 그 도시와 나, 이 둘은 프로테스탄트적인 질서에 순응적인 문화와 제약에 갇힌 소시민성을 순식간에 박차고 나와 힘과 가능성의 새로운 황홀함 속으로 급속히 빠져들었습니다.

이 도시와 충동적 젊은이였던 나, 이 두 존재, 즉 우리는 흡사 불안과 초조함의 동력 발전기처럼 진동하고 있었습니다. 내가 그때처럼 그렇게 베를린을 이해하고 사랑한 적은 없었을 것입니다. 그 도시는 높이 웅비하면서도 따사롭기 그지없는, 인간을 위한 달콤한 안식처와 같아서 내 몸속에 있는 모든 세포가 갑작스럽게 확장하도록 만들었기 때문입니다. 초조한 청춘들의 강렬함은 뜨겁고 풍만한 여인의 떨리는 품속과도 같은 베를린, 힘이 솟구쳐 오르는 이 도시 속에서 비로소 격렬하게 터져 나왔습니다.

베를린은 단번에 나를 끌어당겼고, 나는 온 몸을 던져 그 도시의 혈관 속으로 가라 앉았습니다. 나의 호기심은 온통 돌로 이루어진, 그러면서도 따뜻한 그 도시의 육체를 재빨리 이리저리 헤집고 다녔습니다. 이른 아침부터 한밤중까지 거리를 돌아 다녔고, 호숫가까지 가 보기도 하고, 후미진 구석구석까지 빼놓지 않고 찾아갔습니다. 마치 무언가에 홀린 사람처럼, 공부 따위는 안중에도 없이 새로운 것을 찾아 생동적이고 모험적인 것에 몸을 던졌습니다.

그렇지만 넘치는 그 열정은 그저 나의 특별한 본성에 따른 것뿐이었습니다. 어렸을 때부터 나는 두 가지 일을 한꺼번에 하는 재능이 없어서 동시에 여러가지 일에 신경을 쓰는 것이 불가능했습니다. 언제 어디에서든 나는 그와 같은 직선적인 격정에 사로잡혀 있을 뿐이었지요. 한 가지 문제에만 몰두하는 성격이라 학문에 생을 바치고 있는 지금도 문제의 마지막까지, 최종적인 본질까지 완전히 이해하기 전까지는 멈추지를 못합니다.

당시 베를린에서의 자유의 감정이란 그야말로 엄청난 황홀함이어서, 잠깐이나마 강의 시간에 갇혀있거나 내 방에 혼자 있는 것조차 견딜 수 없을 지경이었습니다. 모험이 따르지 않는 일들은 모두 허전한 느낌이었습니다. 이제 막 말고삐를 놓은 풋내기 시골 젊은이가 진짜 남자 행세를 하느라 고삐를 다시 힘차게 쥐게 된 것 같았습니다. 어느 모임에 참석해서 (원래 소심한 성격이지만) 당당하고 쾌활하며 건들거리는 척 했고, 베를린에 온 지 여드레 밖에 안 되었지만 대도시 사람인양 으스대는 독일인 행세를 했습니다. 삐딱한 모습으로 다리를 쭉 펴고 커피숍 구석에 앉아 있기도 했으며, 멋있게 차려입고 빠른 속도로 거리를 활보하기도 했습니다.

그러한 행동들은 여자들과도 관련이 있었습니다. - 시건방진 남학생들의 표현을 빌리면 '여자애들'이라고 부르는 편이 낫겠지만 - 그때의 나는 눈에 띄는, 꽤 잘생긴 청년이었지요. 키도 제법 컸고 날씬했으며, 뺨에는 바닷물에 닦인 청동접시 같은 신선한 윤기가 생생히 돌았고, 움직이는 동작은 무용수처럼 경쾌해서, 후덥지근한 실내 공기 때문에 청어처럼 바짝 마른 창백한 상점의 수습직원들 정도는 상대가 되지 않았습니다. 그들도 우리처럼 일요일마다 당시 도시 외곽에서 꽤 멀리 떨어진 할렌제나 훈데켈레에 있는 춤추는 술집으로 애인을 찾아 나섰습니다.

언젠가는 메클렌부르크에서 온 우윳빛 피부색의 금발머리 하녀를 만났는데, 춤추는 데 푹 빠진 나는 휴가를 끝내고 돌아

가려던 그녀와 내 하숙방으로 함께 간 적도 있었고, 티츠에서 양말을 팔던 포젠 출신의 다소 부산스럽고 예민한 성격을 가진 아담한 유대인 여자를 만난 적도 있었습니다. 쉽게 만난 인연들이 대부분이라 친구들이 관심을 보이면 선뜻 포기하곤 했었습니다.

어제까지만 하더라도 겁많았던 풋내기 신입생에게는 뜻하지 않게 쉽게 이성을 만날 수 있었던 것이 황홀한 놀라움이었지요. 이러한 값싼 성취는 나의 대담함을 더욱 가중시켰으며, 길거리가 단지 모험의 장소로만 여겨졌습니다.

한 번은 어느 아름다운 여성을 따라가다가 린덴 거리에 이르러 우연히 대학 앞을 지나게 되었는데, 정말 오랫동안 권위 있는 이 대학의 문턱에 발을 들여 놓지 않았다는 생각이 들자 웃음이 나왔습니다. 우쭐한 마음에 같은 생각을 하고 있던 친구와 안으로 들어갔습니다. 우리가 빠끔히 문을 열고 들여다보니 (정말 믿을 수 없을 정도로 우스꽝스러웠습니다.) 150여 명의 학생들이 책상 위에 구부리고 앉아서 뭔가 적고 있는 모습이 마치 기도하면서 시편을 읊조리는 백발노인들 같았습니다. 다시 문을 닫고, 음울한 이야기 소리의 울림이 열심히 공부하는 학생들의 어깨 위로 흐르도록 놓아 둔 채, 의기양양하게 친구와 함께 따사로운 햇살이 비치는 거리로 나왔습니다.

가끔, 그때의 나처럼 그 시절을 어리석게 보낸 젊은이도 없었을 것이라는 생각이 듭니다. 책 한 권 읽지 않았고, 이성적으로 말하지도 못했으며, 정말 생각다운 생각이라곤 해 본 적도 없었습니다. 교양을 쌓을 수 있는 모임이라면 본능적으로 회피했으며, 잠 못 이루는 육체만을 가지고 새로운 것, 지금까지 내게 금지된 것을 탐닉하려고만 했습니다. 이처럼 자기 기분이 이끄는 대로 시간을 갉아먹고 자신을 파괴하는 행위에 도취되는 것은, 구속의 감옥으로부터 갑자기 석방된 모든 젊은이들의 공통된 특성인지도 모릅니다.

그럼에도 불구하고 나의 방탕에의 탐닉은 이미 위험 수준을 넘어섰으며, 신세를 망치거나 타락의 나락으로 빠지는 것 이외에 달리 방도가 없는 지경에 이르렀습니다. 어떤 우연이 순식간에 정신적인 몰락을 진정시켜주지 않았다면 말입니다.

그 우연은, - 오늘날 나는 그에 대해 고마움을 느끼면서 다행스러운 우연이라 말하고 싶군요 - 아버지가 교육부의 방침에 따라 학장 회의 참석차 예상치 못하게 베를린으로 오신 일 때문에 벌어졌습니다. 교수 신분의 교육자로서 아버지께서는 찾아오신다는 소식도 알려주지 않으신 채 불시에 나의 행실에 대해 알아보려고 그 기회를 활용하셨고, 이 사실을 전혀 몰랐던 나로서는 깜짝 놀랄 수밖에 없었습니다. 아버지는 이 기습을 훌륭하게 해 내셨지요.

그 날 저녁에도 나는 북쪽 지방에 있는 싸구려 하숙집에서 - 출입문은 커튼으로 나누어진 주인집 아주머니의 부엌과 연결되어 있었습니다. - 친숙하게 내 방을 찾아온 애인과 함께 있었습니다. 바로 그때 문 두드리는 소리가 들린 것입니다. 학교 친구가 온 것이라고 생각한 나는 퉁명스럽게 대꾸했습니다.

"지금은 만날 수 없어."

그런데 잠시 후 다시 문 두드리는 소리가 들리더니, 한 번, 두 번, 그리고 참지 못하겠다는 의도가 역력한 세 번째 노크가 들렸습니다. 나도 화가 나서 무례한 훼방꾼을 확 쫓아버릴 요량으로 바지를 입고 셔츠는 반쯤 걸치고는 바지 멜빵을 아래로 늘어뜨린 채 맨발로 나와 문을 열어 젖혔습니다.

그러자 바로 그 순간, 마치 주먹으로 얼굴을 정면으로 얻어맞은 것 같은 느낌이 들더니 현관의 어두컴컴함 속에서 아버지의 그림자가 또렷하게 눈에 들어왔습니다. 반사되어 반짝이는 안경유리로 그림자가 아버지라는 것을 알 수 있었습니다. 그림자의 윤곽만으로도 미리 준비했던 무례한 말이 날카로운 가시처럼 목에 꽂혀 있기에 충분했습니다.

그 순간, 난 말문이 막혀 그 자리에 꼼짝없이 서 있었습니다. 그런 다음 아버지께 - 얼마나 무서운 순간이었는지! - 방 정리를 할 때까지 잠깐 부엌에서 기다려 달라고 공손하게 요청했습니다. 앞서 말한 것처럼 아버지의 얼굴을 제대로 보지는 못했지만, 그가 내 요청을 승낙하신 느낌이 들었습니다. 아무 말씀도 하지 않고 꾹 참으시는 태도로 보아 그것을 감지할 수 있었지요. 그는 내게 악수도 건네지 않고 불쾌한 표정으로 커튼 뒤쪽 부엌으로 물러나 계셨습니다. 뜨거운 커피와 무를 삶는 철제 냄비가 놓여 있는 곳 앞에서 그는 10분이나 선 채로 기다려야 했습니다.

나는 결국 애인을 재촉하였고, 그녀가 황급히 옷을 입고 본의 아니게 그 소리를 엿듣게 된 아버지 곁을 스쳐 집 밖으로 나갈 때까지의 그 10분은 나나 아버지 모두에게 참으로 힘든 시간이었습니다. 아버지는 애인이 나가는 소리와, 그녀가 황급히 사라지는 바람에 커튼이 흔들리는 소리를 들으셨음이 틀림 없었습니다. 그런데도 여전히 민망하게 서 계신 곳에서 아버지를 모셔 오지 못했습니다. 심할 정도로 어지럽혀진 침대를 정리하는 것이 급선무였기 때문입니다. 그런 후에야 비로소 나는 - 내 인생에서 그토록 창피한 적은 없었지요. - 아버지 앞으로 다가갔습니다.

아버지는 그 불쾌한 순간에도 침착함을 잃지 않으셨는데, 지금 이 순간에도 그 기억을 떠올리면 진심으로 감사한 마음이 듭니다. 이미 오래 전에 돌아가신 아버지를 떠올려 보면, 그저 잔소리를 일삼는 기계로, 쉴 틈 없이 나무라면서 정확한 것에만 몰입하는 사람으로, 학생의 관점에서 경멸하곤 하는 그런 권위적인 사고를 가진 분은 아니었습니다. 극도로 혐오스러움을 느끼면서도, 감정을 억누르며 내 뒤를 따라 말없이 방으로 들어오셨던 인간적인 그때의 아버지가 기억납니다.

아버지는 모자를 쓰고 손에 장갑을 끼고 계셨습니다. 무의식적으로 모자와 장갑을 벗으려 하셨지만, 불쾌한 표정으로 당신 신체의 어느 부분에라도 더러운 것이 닿는 것을 극도로 꺼리는 모습이었습니다. 나는 그에게 의자를 권했지만, 그는 아무 대꾸도 하지 않고 거부하는 듯한 표정으로 방에 있는 물건들과는 거리를 두셨습니다.

한동안 차가운 눈빛으로 외면하고 서 계시던 아버지가 마침내 안경을 벗어들고 꼼꼼히 그것을 닦기 시작했는데, 그것이 당혹감의 표현이었음을 나는 알고 있었습니다. 노인이 다시 안경을 쓰고 손으로 두 눈위를 매만지는 모습도 끝까지 보았습니다. 그 분은 내게 부끄러움을 느끼신 것일테고, 나도 아버지에게 부끄러웠기 때문에 서로 한 마디 말도 할 수가 없었습니다. 아버지께서 낮게 깔린 목소리로 장황한 설교를 시작하실까봐 마음속으로 덜컥 겁이 났습니다. 학교 다닐 때부터 나는 그런 투의 훈계를 질색하며 비웃었기 때문입니다. 하지만 - 지금도 고맙게 느끼는 바이지만 - 노인은 아무 말씀도 하지 않았고, 나를 바라보지도 않았습니다.

마침내 그는 내 교재가 꽂혀 있는 흔들거리는 책장으로 다가가 책들을 펼쳤습니다. 아버지는 첫눈에 봐도 내가 책에는 손도 대지 않았고 대부분 뜯지도 않은 채 꽂아 둔 것임을 눈치채셨을 것입니다.

"네 노트를 갖고 오거라!"

그 명령이 첫 말씀이었습니다. 나는 떨면서 아버지에게 노트를 내밀었는데, 그 안에는 단 한 시간의 강의 내용을 속기로 필기한 내용만 적혀 있을 뿐이었습니다. 아버지께서는 두 쪽짜리 필기 내용을 즉석에서 훑어보신 후 전혀 흥분하지 않으시고 노트를 다시 책상 위에 올려 놓았습니다. 그런 다음에 의자를 끌어 당겨 앉으면서 심각한 표정으로 나를 바라보셨습니다. 그는 나를 혼내는 대신 이렇게 물었습니다.

"자, 대체 이 모든 것들에 대해 어떻게 생각하니? 넌 이제 뭘 하려고 하지?"

나지막한 아버지의 이 물음이 나를 바닥으로 내동댕이쳤습니다. 내 안의 모든 것들이 이미 바짝 쪼그라들었습니다. 아버지께서 나를 혼내셨더라면 버릇없이 대들었을 것이고, 애틋하게 훈계하셨더라면 아버지를 조소했을 텐데, 냉정한 아버지의 그 물음은 나의 반항심을 완전히 꺾어 놓았습니다. 그의 진지함은 나의 진지함을, 그 절제된 침착함은 존경심과 마음속의 다짐을 요구했습니다.

내가 무슨 대답을 했는지 감히 기억할 용기가 없고, 그 다음

이어진 모든 대화가 어떤 내용이었는지 지금도 감히 쓸 용기가 나지 않습니다. 그것은 갑작스런 충격, 다시 표현하면, 어쩌면 감상적으로 들릴수도 있는 일종의 내적인 격랑 같은 것이었습니다. 두 사람 사이에 갑작스러운 감정의 격동으로 인한 단 한 번의 진실이 담긴 이야기 말입니다. 그것은 내가 아버지와 나누었던 유일하게 진심어린 대화였습니다.

나는 망설이지 않고 기꺼이 순종하며 모든 결정을 아버지의 손에 맡겼습니다. 하지만 아버지께서는 그저 조언만 하셨을 뿐이었습니다. 베를린을 떠나 다음 학기에는 작은 대학에서 공부하는 것이 어떻겠냐며, 이제부터 열심히 공부해서 그동안 게으름 피운 것을 만회하라고 격려하듯 말씀하셨습니다. 아버지께서 보여주신 신뢰가 나의 마음을 움직였습니다. 그 짧은 순간, 소년 시절 내내 그가 차가운 형식주의의 장벽에 사로잡혀 있는 분이라고 단정했던 내 생각이 모두 옳지 않았음을 느꼈습니다.

두 눈에서 뜨거운 눈물이 흘러내리지 않게 하려고 나는 입술을 꽉 깨물어야 했습니다. 아버지도 비슷한 감정을 느끼신 것 같았는데, 갑자기 내게 손을 내미시더니 떨면서 잠깐 악수를 하시고는 급히 밖으로 나가셨기 때문입니다. 감히 아버지를 뒤따라 갈 용기가 나지 않았고, 불안과 혼란속에서 그냥 선 채로 손수건으로 입술에 묻은 피를 닦았습니다. 감정을 억누르기 위해 입술을 꽉 깨물고 있었기 때문입니다.

이 일은 열아홉 살이었던 내가 최초로 느낀 감동이었습니다. 그 감동은 강력한 말 한 마디 없이도 내가 삼개월 동안 구축해 놓았던 사내다움, 학생다운 패기, 자기 확신 같은 허황된 사상 누각을 허물어 버렸습니다. 이제부터는 도전적인 의지로 인해 충분히 그 모든 저속한 향락들을 포기할 수 있겠다는 느낌이 확고하게 들었습니다. 정신적인 것에 온 힘을 쏟아 보려는 마음이 초조하게 나를 사로잡았는데, 그것은 진지함, 냉철, 훈육, 엄격함에 대한 갈망이었습니다.

당시 나는 수도원 생활을 통해 희생으로 봉사하듯, 나 자신을 학업에 온전히 바치기로 맹세했습니다. 학문을 통해 기대할 수 있는 고귀한 열정도 알지 못하고, 정신의 드높은 세계 속에서 열정적인 사람에게는 모험과 위험이 항상 준비되어 있다는 사실도 전혀 예감하지 못한 채...

아버지와 서로 합의하여 다음 학기를 위해 선택한 작은 지역 도시는 중부 독일에 위치한 곳이었습니다. 대학 건물을 에워 싸고 있는, 촘촘히 모여 있는 볼품없는 주택들은 널리 알려진 그 대학의 명성과는 어울리지 않았습니다. 일단 역에 짐을 맡 겨놓고 앞으로 다닐 대학을 물어물어 찾아가기는 그다지 힘 들지 않았습니다.

넓지만 고색창연한 건물 내부를 보고서도 즉각 나는 번잡한 베를린에서보다 훨씬 더 빨리 적응할 수 있을 것 같은 느낌이 들었습니다. 두 시간도 되지 않아 수강신청을 마치고 대부분 의 교수님을 찾아뵈었지만, 우리 학과의 정교수인 영어영문학 선생님만은 곧장 뵙지 못했습니다. 하지만 오후 4시 세미나 시 간에 그 분을 뵐 수 있다는 소식을 전해 들었습니다.

이전에는 학문의 세계에서 그토록 도피하려는 마음이었으나 이제는 학문을 향해 정진하고 싶은 열렬한 심정으로, 단 한 시 간도 헛되이 보내지 않으려는 초조함에 이끌려 - 베를린과 비 교하면 마취된 듯 잠들어 있는 그 작은 도시를 대충 돌아본 후 - 정확히 오후 4시에 지정된 장소로 찾아갔습니다. 수위가 강의실의 문을 알려주었지요. 나는 문을 두드렸고, 마침 안에서 대답하는 소리가 들린 것 같아 안으로 들어갔습니다.

그런데, 내가 잘못 들은 것이었습니다. 나에게 들어오라고 말한 사람은 아무도 없었습니다. 내가 들었던 불분명한 소리는 활력 있고 힘이 넘치게 크게 울린 교수의 강의였던 것입니다. 그 교수는 촘촘히 모여 앉아 있는 20여 명의 학생들 앞에서 즉흥적인 강연을 하고 있었습니다.

잘못 알아듣고 허락 없이 들어 온 것에 대해 난처한 마음이 들어 조용히 다시 나가려고 했지만, 그 때문에 사람들의 주목을 받게될까 두려웠습니다. 그때까지도 수강생 가운데 어느 누구도 내가 들어온 것을 눈치채지 못하고 있었기 때문입니다. 할수 없이 나는 문 옆에 서서 강의를 경청했습니다.

그 강의는 분명히 콜로키움(토론 및 세미나 형태로 진행되는 독일어권 대학의 수업 방식 - 옮긴이)과 토론을 통해 자발적으로 전개되는 방식인 듯 보였습니다. 선생과 학생들은 느슨하고 아주 자연스럽게 섞여 있었습니다. 교수는 멀리 떨어져 있는 의자에 앉아 강의하지 않고, 자유분방하게 책상에 다리를 편하게 걸치고 앉아 있었으며, 젊은 학생들도 교수 주위에 편한 자세로 모여 앉아 있었습니다. 형식에 구애받지 않는 그러한 무심

함으로 보아, 수강생들은 수업에 푹 빠진 나머지 그런 조각같은 자세로 고정된 것 같았습니다.

갑자기 교수가 책상 위로 올라서자 학생들도 따라서 일어섰고, 그가 높은 곳에서 마치 올가미로 사로잡듯, 말로써 학생들을 그 자리에서 꼼짝 못하게 서 있도록 한 것을 알 수 있었습니다. 초대받지 않았다는 사실을 까맣게 잊고서, 그의 강의에서 나오는 매혹적이고 강렬한 이야기에 자석처럼 이끌리고 있다는 느낌을 받기까지는 불과 몇 분이면 충분했지요! 그의 말뿐만 아니라 두 손을 번쩍 들고 움켜쥐는 그의 독특한 손짓을 보기 위해 나는 나도 모르게 그에게 가까이 다가갔습니다.

목소리가 당당하게 터져나올 때마다 그는 마치 날개를 활짝 펴듯 떨리는 두 손을 들어 올렸다가, 지휘자가 선율에 따르듯 안정된 제스처로 천천히 손을 아래로 내려 놓았습니다. 목소리는 점점 더 격렬하게 휘몰아쳤고, 마치 날개라도 달린 듯 그는 질주하는 말의 엉덩이에서처럼 딱딱한 책상에서 음악적으로 솟구쳐 올랐습니다. 그리고 섬광과도 같은 번쩍이는 비유들로 가득한 원대한 사상들을 폭풍처럼 쏟아냈습니다.

그때까지 나는 그 사람 이외에 그토록 감격에 빠져 진실하게 마음을 끌며 강의하는 사람을 한 번도 본 적이 없었습니다. 난생 처음으로 나는 라틴어로 '랍투스'(Raptus, 순간적으로 밀려오는 황홀한 심리적 상황을 의미하는 단어 - 옮긴이)라고 부르는 것, 즉 한 인간이 자신의 경계를 초월해 이끌려가는 상태를 체험했던 것입니다. 휘몰아치는 그의 입술은 자신을 위해서 말한 것도, 다른 사람을 위해서 말한 것도 아니었습니다. 그건 몸 속에서 불이 일어난 사람 내부의 화염이 입술을 통해 쏟아져 나오는 것이었습니다.

단 한 번도 겪어보지 못한 일이었습니다. 황홀한 강의, 원초적인 연설의 정열은 예상치 못한 순간 한꺼번에 나를 끌어당겼습니다. 나도 모르게 몽유병 환자 같이 흐느적거리는 발걸음으로 빽빽하게 모여 있는 학생들 사이로 다가갔습니다. 최면에 걸린 사람처럼 호기심보다 훨씬 더 강력한 힘에 이끌려, 부지불식간에 학생들 가운데 서 있게 된 것입니다. 교수와 나의 간격이 불과 10인치 밖에 되지 않았고, 강의에 마음을 빼앗긴 나는 나와 마찬가지로 강의에 홀려 그 어떤 다른 존재를 의식하지 못하고 있던 학생들 한복판에 있게 되었습니다.

나는 맨 처음 내용에 대해서는 알지 못하면서도 강의에 빠져

들었고 그 흐름에 완전히 휩쓸렸습니다.

분명 학생 가운데 한 사람이 셰익스피어를 유성(遊星)과 같은 현상이라고 칭송했던 모양입니다. 그러자 높이 앉아 있던 교수는 셰익스피어는 한 시대의 가장 강력한 표현인 동시에 모든 세대의 정신적 진술이자, 열정적으로 변모한 시대의 감각적인 표현이었음을 증명하고자 했습니다. 그는 잉글랜드의 그 위대했던 시간을 단 한 번뿐이었던 황홀의 순간이라고 표현했습니다.

"그 황홀의 순간, 그 시대는 모든 개인의 삶이 그렇듯 모든 민족의 삶에 있어서 전혀 예상치 못한 힘들이 한데 모여 영원을 향한 강력한 충동으로 급작스럽게 폭발한 시기였지요. 갑자기 지구(地球)가 넓어지고, 신대륙이 발견되었지만 동시에 낡은 권력, 즉 교황권이 허물어질 위협에 처한 순간이기도 했습니다!

스페인의 아르마다(Armada, 16세기 스페인 '무적함대'의 명칭, 1588년 잉글랜드 해협에서 잉글랜드 해군에게 참패하였음 - 옮긴이)가 풍랑 속에서 산산조각 난 이후, 잉글랜드 소유가 된 드넓은 바다의 배후에는 새로운 가능성들이 솟아 나왔지요. 세계는 확장되고, 인간의 영혼도 그 세상을 닮아 무의식적으로 팽창했습니다. 그들 또한 넓어지길 원했으며, 선(善)과 악(惡)의 가장 극단까지 이르려 했습니다. 아메리카를 정복한 사람들처럼 그들은 발견하고, 또 정복하려 들었고, 새로운 언어와 새로운 힘을 필요로 했지요.

불과 10년도 되지 않아 이 언어의 이야기꾼들, 즉 시인들이 50명이고 100명이고 갑자기 생겨나기 시작했는데, 이들은 거칠고 통제하기 힘든 무리들로 이전의 궁정시인처럼 목가적인 정원을 손질하고 신화의 내용을 발췌해 시를 쓰지 않았습니다. 바로 그들이 극장을 습격해 와서는, 예전에는 오로지 사냥과 같은 피비린내 나는 놀이를 위해서만 사용했던 판자 건물에 싸움터를 지었지요. 그래서 그들의 작품에는 뜨거운 피의 연기가 존재했고, 그들의 희곡 자체가 사나운 감정의 야수성으로 피에 굶주린 키르쿠스 막시무스(Circus maximus, 로마 시민의 ¼을 수용하는 엄청난 규모였던 로마 최대의 전차 경기장이자 대규모 오락 공간 - 옮긴이)같았습니다. 정열적인 심장을 가진 이들은 사자처럼 울부짖었으며, 난폭함과 과도함 속에서 어느 한쪽이 다른 한쪽을 제압하곤 했습니다.

모든 것, 즉 근친상간, 살인, 범행, 범죄 등이 모조리 표현되는 것이 허용되었습니다! 인간 본성의 모든 무절제한 폭동이 뜨거운 광란의 춤판을 벌인 것이지요. 굶주린 야수들이 갇힌 우리에서 뛰쳐나오듯, 만취한 정열이 위험스레 울부짖으며 나무로 둘러싸인 아레나(Arena, 로마시대의 원형 투기장 - 옮긴이) 속으로 뛰어들었습니다. 폭약이 터지듯 그 한 번의 폭발은 50년 동안 지속되었는데, 그것은 극심한 출혈, 절규 그리고 모든 세계를 단번에 할퀴고 찢어 놓은 광폭함과도 같았습니다.

이 힘으로 인한 광란의 춤판에서는 각각의 목소리, 각각의 형상은 느껴지지 않았지요. 서로가 서로를 열광시키고, 서로 배우고 훔치며, 상대방을 짓밟고 이기기 위한 싸움질을 해댔지만, 모든 이들은 단 한 차례의 축제에서 시대의 정령(精靈)에게 채찍질당하며 앞으로 돌진하는 정신적 투사, 사슬 끊은 노예일 뿐이었습니다. 시대의 정령이 기울어지고 어두컴컴한 외곽의 방구석에서, 궁전에서, 그들을 끌어낸 것입니다!

벽돌공의 손자 벤 존슨(Ben Jonson, 16세기 잉글랜드의 극작가, 시인), 신발 수선공의 아들 말로(Marlowe, 16세기 잉글랜드의 극작가, 시인 - 옮긴이), 시종(侍從)의 후손 매신저(Massinger, 16세기 잉글랜드의 극작가- 옮긴이), 부유하고 학식이 풍부한 정치인 필립 시드니(Philipp Sidney, 16세기 잉글랜드의 군인, 정치인, 시인 - 옮긴이)가 바로 그들이었지요.

이 모든 이들이 뜨거운 소용돌이 속으로 휩쓸려 들어갔습니다. 오늘 축제를 벌이다가도 다음날 끔찍하고 비참한 상태에 빠져 죽어갔는데, 키드(Kyd, 잉글랜드의 비극작가 - 옮긴이)가 그랬고 헤이우드(Heywood, 17세기 잉글랜드의 극작가 - 옮긴이)가 그랬지요. 스펜서(Spenser, 잉글랜드의 시인 - 옮긴이)처럼 킹 스트리트에서 굶어 죽은 이들도 있었는데, 모두가 시민답지 못한 삶을 살았던 겁니다. 싸움꾼이자 통정(通情)을 일삼는 사람, 위선자, 사기꾼들이었지만 동시에 시인, 시인이었지요! 그들 모두가 시인이었던 것입니다!

셰익스피어는 그저 이들 한복판에 있는 존재였을 뿐이지요. 그야말로 그는 '시대 그 자체와 몸통'(햄릿 제3막 2장에 나오는 대사 - 옮긴이)이었습니다. 하지만 사람들은 그를 알아 볼 시간적인 여유가 없었지요. 그 폭동이 그만큼 심했고 정열이 넘쳐흐르는 작품들이 연이어 쏟아졌기 때문이지요.

그런데 떠올랐을 때와 똑같이, 인류애의 장엄한 폭발이 희미해지면서 갑자기 도로 주저앉고 말았습니다. 희곡이 끝장나 버린 것입니다. 잉글랜드의 기운은 쇠잔해져 수백 년 동안 템스 강의 잿빛 안개가 다시금 그 정신을 흐릿하게 덮게 되었지요. 극도로 미쳐버린 영혼들이 가슴속에서 뜨겁게 뿜어져 나와 단 한번의 돌격으로 모든이가 정열의 꼭대기와 밑바닥까지 빠짐없이 맛보았지만, 이제 잉글랜드는 지칠대로 지쳐버렸지요. 문자 하나하나를 따지고 드는 엄격한 종교 중심주의가 극장문을 닫게 했고, 그로 인해 열정의 드라마는 굳게 봉쇄되어 성서가 다시 발언의 힘을 갖게 되었지요. 가장 인간적인 이야기가 모든 시대를 통해 최고로 열렬한 참회로 바뀌었으며, 거룩하고 열성적인 단 한 분만이 수천 년 동안 유일하게 살아남은 것입니다."

그런데 교수가 갑자기 방향을 바꾸면서 뜨거운 강의의 불꽃을 우리에게로 돌렸습니다.

"어째서 내가 이 강의를 역사적 순서에 따라, 처음부터 아서왕과 제프리 초서(Geoffrey Chaucer, 중세 시대 잉글랜드 시인 - 옮긴이)가 아니라 일반적인 통례와 다르게 엘리자베스 왕조부터 시작했는지 여러분들은 이제 이해 하겠습니까? 무엇보다 그들과 친해지고, 가장 생동감 있는 것과 친숙해지기 바란다는 것을 이제 이해합니까? 체험 없는 어문학적 이해나 가치에 대한 인식이 결여된 단순한 문법적인 단어란 존재하지 않아요. 젊은 여러분들은 하나의 국가 그리고 그대들이 정복하고자 하는 언어를 우선 최고로 아름다운 형식 속에서, 청춘의 가장 강력한 형태 속에서, 뜨거운 정열을 통해 만나지 않으면 안됩니다. 우선 여러분들은 시인들의 언어를 들어야 합니다. 언어를 창조하고 완성하는 시인들 말입니다! 우리는 문학을 해부하듯 분석하기 전에 일단 호흡해야 하며 가슴으로 따뜻하게 느껴야 하지요. 그렇기 때문에 나는 신들의 이야기부터 시작한 것입니다. 잉글랜드는 엘리자베스이고, 셰익스피어이며, 셰익스피어 시대의 사람들이기 때문입니다. 이전의 그 모든 것들은 그 준비에 불과하고, 후에 활기없이 뒤따른 모든 것들은 무한함 속으로 무모하게 뛰어든 시도들에 지나지 않기 때문입니다. 그렇지만 바로 그 셰익스피어 시대에 그대, 젊은 여러분들은 우리 세계의 활력 넘치는 청춘을 진정으로 느낄 수 있을 것입니다. 우리는 언제나 모든 현상, 모든 인간을 그 불꽃의 형태로만, 정열을 통해서만 인식할 뿐입니다. 모든 정신은 피 속에서 끓어오르고, 모든 사상은 정열에서, 모든 정열은 영적인 감동에서 솟아나기 때문입니다. 그러니 셰익스피어와 그 시대 사람들에게 먼저 눈길을 돌려야합니다. 여러분들을 진실로 젊게 만들어 줄 셰익스피어를 말입니다! 먼저 감동하고, 그 다음에 공부하시오! 언어를 공부하기 전에 먼저, 가장 찬란한 세계의 교과서인 그 사람, 가장 고귀한 그 사람, 최고의 인물인 셰익스피어에 대해 연구하시기를! 자, 오늘 수업은 이것으로 마치겠습니다. 안녕히 가세요!"

예상치 못한 순간 원형을 그리던 손은 위풍당당하게 마무리를 지었고, 그는 동시에 탁자에서 내려왔습니다. 한 군데 빽빽하게 모여 있던 학생들이 서로 뒤흔들듯 몸을 털면서 일어났습니다. 의자가 삐걱거리고 덜컹거렸고, 책상은 흔들렸으며, 굳게 닫혀 있던 스무 명의 목에서 한꺼번에 말하는 소리, 기침하는 소리, 숨을 내쉬는 소리가 터져 나왔습니다. 그제서야 호흡하는 학생들의 입술을 모두 닫아버린 그 마력이 얼마나 자석같은 힘을 가졌는지를 깨닫게 되었습니다.

좁은 공간 안에서의 뒤섞임은 한층 더 뜨겁고 거리낌 없이 고조되었습니다. 몇몇 학생들이 감사의 인사를 하기 위해 그에게 다가갔으며, 다른 학생들은 얼굴이 붉게 상기된 채 자신들이 받은 인상에 대한 대화를 나누었습니다. 그냥 서 있는 학생은 단 한 명도 없었고, 전기에 감전된 듯한 감동을 느끼지 않은 사람은 아무도 없었습니다. 그런데 그 접촉이 갑작스럽게 끊기고 나니, 그 호흡과 불길이 비좁은 공기속에서 여전히 바스락거리는 것 같았습니다.

나는 옴짝달싹할 수 없었습니다. 마치 심장이 찔린 것 같은 느낌이었지요. 내 자신이 스스로의 열정을 동원해 감각을 고양시킬 수는 있었지만, 내가 한 인간에게, 선생님에게 사로잡힌 것은 난생 처음이었습니다. 압도적인 힘 앞에서 고개를 숙이는 것은 나의 의무인 동시에 기쁨이었습니다.

나의 피는 뜨거워졌고, 숨소리는 점점 빨라져 들끓는 리듬이 내 온 몸을 때리고, 내 모든 관절을 팽팽하게 잡아 당겼습니다. 마침내 나는 어쩔 도리 없이, 그의 얼굴을 보려고 앞쪽 줄로 천천히 나갔습니다. 그렇지만 - 이상하게도 - 그가 말하는 동안 나는 그의 표정을 간파하지 못했는데, 그의 표정이 그만큼 강의속에 파묻혀버렸기 때문이었습니다. 나는 다만 옆모습의 윤곽만 희미하게 볼 수 있을 뿐이었습니다. 그는 창가로 스며드는 햇살속에서 어느 학생의 어깨 위에 다정하게 손을 올려놓고, 그 학생을 비스듬히 바라보며 서 있었습니다. 잠깐 동안의 그 움직임 속에서도 다른 학교 선생님들에게서는 도저히 찾아 볼 수 없을 것 같은 진심과 기품을 엿볼 수 있었습니다. 그 사이에 몇몇 학생들이 나를 주목했습니다. 그래서 주제넘게 끼어든 사람으로 보이지 않으려고, 교수님에게 몇 발자국 다가가서 대화가 끝날 때까지 기다렸지요.

그때 비로소 나는 그의 얼굴 속 눈빛을 볼 수 있었습니다. 로마인의 얼굴형에, 이마는 대리석처럼 둥글었으며, 희끗희끗한 머리칼이 몰아치는 물결 마냥 탐스럽게 빛나고 있었는데, 감탄스러울 정도로 대담하게 정신적 기풍이 배어 있는 독일 고딕체 문자의 구성 같았습니다. 움푹한 눈언저리 그늘 아래에 둥글고 매끄러운 턱과 사르르 떨리는 입술은 마치 여인처럼 부드러운 인상이었고, 그 입술 주위에는 때로는 웃음이, 때로는 신경질적인 변화를 나타내는 예민한 균열이 맴돌고 있었습니다. 위쪽은 이마가 남자다운 멋진 모습이었지만, 아래쪽은 생기잃은 기운이 뺨에 스며들어 불안한 듯한 입술을 이루고 있었지요. 처음에는 당당하고 권위 있어 보였지만, 가까이서 보니 그의 얼굴은 피곤한 듯 긴장되어 있었습니다.

그의 몸짓에서도 이와 비슷한 이중적인 면모가 나타났습니다. 왼손이 무심하게 탁자 위에 내던져져 있었는데, 손의 관절위로 진동이 울리듯 나지막한 떨림이 그치지 않고 있었습니다. 다른 남자들의 손에 비하면 그 손은 너무 가느다랗고 섬세했으며, 부드러운 손가락은 초조하게 나무판 위에 알 수 없는 형상을 그리고 있었습니다.

반면 무거운 눈꺼풀이 덮인 두 눈은 관심을 나타내며 상대방에게 기울어져 있었습니다. 그가 불안한 것인지, 쫓기듯 예민한 상태로 흥분하여 여전히 떨고 있는지는 알 수 없었지만, 어쨌든 산만하게 자제하지 못하는 손은 조용하게 경청하고 기다리는 얼굴 표정과 대조를 이루고 있었습니다. 그의 얼굴 표정으로 보아 피곤한 기색이 완연함에도 집중하면서 학생들과의 대화에 깊이 빠져 있는 것 같았습니다.

마침내 내 차례가 되었고, 나는 다가가서 이름과 이 곳에 온 목적을 밝혔습니다. 그러자 곧 하늘색처럼 파랗게 빛나던 눈동자 속의 별빛이 나를 향했습니다. 질의하는 2~3분 동안 내내 그 빛의 광채가 턱에서 머리까지 내 얼굴을 휘감아 돌았지요. 교수님이 얼른 웃음을 지어보이면서 내가 느낀 당혹함을 무마하려는 것으로 보아, 그 온화한 질문을 받는 동안 내 얼굴이 빨갛게 달아올랐던 모양입니다.

"그러니까 학생은 내 강의를 신청하고 싶다는 말이군요. 그러면 자세한 얘기를 나누어야 할 텐데, 미안하지만 지금은 곤란해요. 지금 당장 처리해야 할 일이 있군요. 잠시 문 앞에서 기다렸다가 나와 함께 집으로 가도록 하죠."

그러면서 그는 내게 손을 내밀었습니다. 장갑보다 훨씬 더 가볍게 손가락에 닿은 섬세하고 가는 그의 손은 바로 뒤에 기다리고 있던 학생 쪽으로 다정하게 방향을 돌렸습니다.

두근거리는 심정으로 10분 동안 문 앞에서 기다렸습니다. 그동안 공부한 것에 대해 질문을 받으면, 무슨 말을 해야 할까? 공부할 때나 휴식 시간 때나 문학에 대해서는 전혀 관심을 기울여 본 적이 없다는 것을 그에게 어떻게 털어놓는단 말인가? 그가 나를 멸시하지는 않을지? 아니면 결국에는 오늘 나를 마법처럼 사로잡은 그 열정적인 수업으로부터 나를 쫓아버리지는 않을지? 그러나 교수님이 환한 미소를 지으며 서둘러 내 앞으로 다가오자마자, 이런 생각들은 모두 사라졌습니다. 그렇습니다! 분명 그 분이 내게 강요하지 않았는데도, (그 앞에서 나 자신을 숨길 수 없어서) 나는 첫 학기를 매우 태만하게 보낸 사실을 실토하고 말았습니다. 따뜻하게 내 말에 귀 기울여주는 그의 눈빛이 다시 나를 사로잡았습니다.

"휴식도 음악에 속한 것이죠."

그가 웃으며 용기를 북돋아 주었고, 나의 무식함을 면박하지 않으려는 분명한 의도로, 그저 내 개인적인 문제들, 즉 나의 고향에 대해 그리고 이곳에서 머무르는 곳은 어딘지에 대해 물었습니다. 아직 방을 구하지 못했다고 말하자, 그 분은 자신이 도움을 주겠다며 우선 자기가 사는 주택에 문의해 보는 것이 좋을 거라고 조언했습니다. 주택에는 반쯤 귀가 먹은 할머니 한 분이 깔끔한 방을 세 놓고 계신데 그 방에 세 들었던 학생들이 한결같이 만족해 하더라는 것이었지요. 그밖의 다른 일들은 자신이 직접 보살펴 주겠다며, 내가 열심히 공부할 결심을 갖고 최선을 다한다면 어떤 방법이든 내게 도움을 주는 것은 자신의 가장 기분좋은 의무라고 생각한다는 말도 덧붙였습니다.

집에 도착하기 직전 그는 내게 다시 악수를 청하더니, 다음 날 저녁 자기 집으로 오라고 초대해 주었습니다. 학업 계획을 함께 논의하자는 것이었습니다. 전혀 예상치 못한 그 분의 호의가 너무나 고마웠습니다. 존경스러운 마음에 그의 손을 잡은 채 어리둥절한 상태로 인사를 했지만 정작 감사드린다는 말을 깜빡 잊고 말았을 지경이었습니다.

말할 것도 없이 나는 곧장 교수님과 같은 주택의 작은 방에 세를 얻었습니다. 사실 그 방이 마음이 들지 않았더라도 전혀 개의치 않았을 겁니다. 그저 순수한 감사의 마음으로, 그토록 매혹적인 선생님, 불과 한 시간 동안 다른 모든 사람들보다 많은 것을 베풀어 준 그 분과 공간적으로 더 가까이 있고 싶은 마음, 그뿐이었습니다.

그렇지만 방도 마음에 들었습니다. 선생님의 거실 바로 위층 방으로, 목재 장식품이 걸려 있어 다소 어둡기는 했지만 창문으로 주변 주택의 지붕과 교회 탑의 전망이 시원하게 펼쳐졌습니다. 멀리서는 초록의 산과 그 위를 떠다니는 구름이 보여 고향 생각을 떠올릴 수 있었지요. 귀가 들리지 않는 주인 할머니는 세 들어 살고 있는 학생들을 어머니처럼 따뜻하게 돌봐

주었습니다. 할머니와 합의한 시간은 채 2분도 걸리지 않았고, 한 시간 만에 나는 트렁크를 들고 삐걱거리는 나무계단을 오르고 있었습니다.

그 날 저녁, 나는 밖으로 나가지 않았고 밥 먹는 것도, 담배 피우는 것도 잊었습니다. 트렁크에서 우연히 챙겨 놓았던 셰익스피어를 얼른 꺼내 들고는 (몇 년 만에 처음으로) 초조한 마음으로 읽기 시작했습니다. 그날의 강의가 나의 호기심에 정열의 불을 붙여 놓았으며, 한 번도 읽어보지 못한 시적 언어를 읽게 만든 것입니다. 그러한 변화를 어떻게 설명할 수 있겠습니까? 그런데 돌연 셰익스피어의 문장 속에서 또 다른 세계가 내게 달려왔고, 그의 언어가 마치 수백 년 동안 나를 찾고 있었던 것처럼 오로지 내게만 다가오는 것 같았습니다. 그의 시들은 거대한 불꽃으로 나를 매혹하며 혈관 속까지 스며들었고, 잠든 상태에서 날아가는 꿈을 꾸는 것처럼 야릇하게 풀어지는 느낌을 선사했습니다. 몸이 움찔거렸고 부들부들 떨렸으며, 열병이 온 몸을 습격하듯 내 피는 점점 더 뜨겁게 일렁였습니다. 이 모든 것이 전에는 단 한 번도 일어나지 않았던 현상이었지요. 정작 나는 열정적인 강의를 들은 것 말고는 한 일이 없었는데 말입니다. 그의 강의를 통해 받은 감동이 아직도 내 안에 남아 있어, 셰익스피어를 한 줄 크게 반복해서 읽으니 나도 모르게 내 목소리가 교수님의 음성과 닮아 있음을 알게 되었습니다. 문장은 똑같이 발산하는 리듬 속에 요동쳤고, 내 손은 원형을 그리는 그의 움직임과 같은 손동작을 하고 싶어졌습니다. 나는 불과 한 시간 만에 마술에 걸린 듯 그때까지 나와 정신적 세계 사이를 가로막고 있던 장벽을 꿰뚫고서는, 열정, 새로운 열정을 찾아냈습니다. 고혹적인 언어 속에서 현세의 모든 즐거움을 마음껏 누리고 싶은 그 열정은 지금까지도 내게 굳건히 남아 있습니다.

우연히 나는 '코리올란'(Coriolan, 로마에 맞선 기원전 5세기의 전설적 인물로 1607년에 셰익스피어가, 1807년에는 베토벤이 각각 그를 희곡과 음악의 주인공으로 부활시켰음 - 옮긴이)과 맞닥뜨렸고, 모든 로마인의 가장 이상한 특성들, 즉 자부심, 교만, 분노, 조롱, 비웃음, 감정의 소금, 아연, 금, 금속같은 것을 발견하고 어지러움에 쓰러질 것만 같았습니다. 그러한 기분을 한 순간에 예감하고 이해한다는 것은 얼마나 새로운 기쁨이었는지!

눈이 이글거릴 때까지 나는 읽고 또 읽었습니다. 시계를 보니 시간은 3시 30분이 되어 있었습니다. 거의 여섯 시간 동안 내 모든 감각을 흥분시키면서 동시에 마비시킨 그 새로운 힘에 깜짝 놀라며 불을 껐습니다. 하지만 이런저런 모습들이 머릿속에서 이글거려 계속 몸이 떨렸고, 내일에 대한 동경과 기대감 때문에 잠을 이룰 수 없었습니다. 다음 날에는 마법처럼 활짝 열린 세계가 내 앞에서 더 넓게 펼쳐질 것이고, 그 세계는 완전히 나의 세계가 될 것만 같았습니다.

그러나 다음 날은 내게 실망감을 안겨 주었습니다. 도저히 참을 수 없어서 나는 내 선생님(앞으로 그 분을 이렇게 부르도록 하겠습니다)이 학우들에게 영어 음성학 강의를 할 예정인 강의실에 제일 먼저 도착했습니다.

그런데 선생님이 강의실로 들어온 순간, 나는 깜짝 놀라고 말았습니다. 이 분이 정말 어제 그 분이 맞는 것인가? 아니면 그저 흥분에 도취한 나의 기분과 기대가 그 옛날 포럼(Forum, 고대 로마의 공공 광장 혹은 집회장 - 옮긴이)에서 자제하고 절제하면서도 섬광 같은 연설을 했고, 영웅답게 대담했던 그 코리올란을 향해 뜨겁게 달아오른 것에 불과했던 것인가?

조용히 느릿느릿한 걸음걸이로 들어온 그는 그저 지치고 나이든 남자일 뿐이었습니다. 반짝반짝 비치던 눈의 초점은 사라지고, 맨 첫 줄 의자에 앉아 있던 내 눈에 비친 그는 푹 패인 주름살과 얼굴에 퍼진 상처들로 거의 환자처럼 생기 없는 표정을 짓고 있었습니다. 상처 자국이 있는 그의 얼굴은 움푹 파였고, 푸르스름한 그늘이 늘어진 회색 뺨에 흘러내리는 듯했습니다. 책을 읽어 내려가던 그의 눈 위로 눈꺼풀 그림자가 드리웠으며, 창백하고 얇은 입술에서도 청량한 목소리가 나오지 않았습니다. 그 청아함, 저절로 환호성을 지르게 만든 넘치는 활력은 대체 어디로 가버린 걸까? 낯설게 느껴지는 목소리는 흡사 재미없는 문법 강의처럼 단조로웠고, 피로에 지친 발걸음으로 바짝 말라 딱딱해진 모래를 지나가는 기분이었습니다. 불안이 엄습했습니다.

'이 사람은 내가 오늘 첫 시간부터 고대했던 그 분이 아니다. 그의 모습, 별처럼 나를 향해 빛나던 어제의 그 얼굴은 어디로 사라져 버린 것일까?'

여기서는 그저 닳고 닳은 교수가 강의 주제를 딱딱하게 풀어

내고 있을 뿐이었습니다. 혹시나 어제의 그 목소리, 깨우는 손과 같이 나의 감정을 붙들어 정열을 향해 높이 들어 올렸던 그 따뜻한 떨림, 그 목소리를 다시 들을 수 있지는 않을까 하는 새로운 불안에 사로잡혀 그의 말에 주의를 기울였지요.

실망으로 가득한 채 낯선 그의 얼굴을 살피던 나의 시선은 점점 더 불안하게 그를 바라보게 되었습니다. 틀림없이 그의 얼굴은 어제의 그 얼굴인데, 샘솟는 힘을 모두 소진하고 텅 빈 채, 나이들고 피곤에 지친 남자의 양피지 가면을 쓰고 있는 듯했습니다. 어떻게 이런 일이 일어날 수 있을까? 한 사람이 어떻게 한 시간 만에 젊은이였다가 바로 다음 날에 이토록 늙을 수 있다는 말인가? 말과 더불어 용모까지도 다른 모습으로 만들고, 수십 년이나 젊게 만들어주는 갑작스러운 그같은 정신의 격동이 존재 한단 말인가?

이러한 물음이 나를 괴롭혔습니다. 그 이중적인 남자에 대해 더 알고 싶은 갈망이 마음속에서 얼마나 타올랐는지! 갑작스럽게 떠오른 영감(靈感)에 이끌려, 선생님이 맥없이 강단을 지나 떠나자마자 도서관으로 급히 달려가 그가 쓴 저술을 대출하려고 신청을 했습니다. 어쩌면 선생님이 오늘 유독 피곤하였거나 몸이 좋지않아 열의가 식었을 수도 있었으리라는 생각이 들었습니다. 반면 그가 계속 집필해 놓은 저서에는 기이한 감동을 이끌어 낸 현상으로 향하는 입구의 열쇠가 분명히 있을 것이라고 생각했던 것입니다.

사서가 책을 갖고 왔습니다. 나는 정말 놀랐습니다. 그가 저술한 분량이 너무나 적었기 때문입니다. 20년 동안 그가 출간한 것이라고는 몇 권 안 되는 얇은 시리즈 책자, 서론, 머리말, 셰익스피어의 희곡 『페리클레스(Perikles)』의 순수성에 관한 토의, 횔덜린(Hölderlin)과 셸리(Shelley)의 비교론(물론 이 두 작가가 각각 자기 나라에서 천재로 인정받기 전에 씌어진 것입니다.) 그리고 그밖에 어문학 분야의 소소한 잡문뿐이었습니다. 물론 이 모든 저술에는 두 권으로 된 『세계 연극, 그 역사와 서술, 그 작가』가 곧 출간될 것이라는 안내가 공지되어 있었지요. 그런데 처음 공지된 때가 이미 20년 전이었음에도 불구하고, 도서관 사서는 그런 책은 출간된 적이 없다고 내게 확인시켜 주었습니다.

다소 소극적으로, 그러나 용기를 내서 선생님의 열정적인 목소리와 솟구치는 리듬을 다시 느껴보고 싶은 마음으로 책장을 넘겼습니다. 하지만 그가 쓴 글의 발자국은 끈기있는 진지함이 힘없이 흔들리고 있을 뿐 어떤 울림도 없었습니다. 말하자면, 사람을 푹 빠지게 만들던 연설의 거센 파도가 책에서는 장단을 맞추지 않고 있었던 것입니다. 이게 무엇인가! 탄식이 흘러 나왔습니다. 나 자신을 두들겨 패고 싶었고, 성급하고 경솔하게 그에게 기울어졌던 나의 감정에 대한 분노와 불신 앞에서 온 몸이 떨렸습니다.

오후 세미나에서 다시 그를 만났지만 이번에는 그가 먼저 이야기하지 않았습니다. 잉글랜드 대학의 관례를 따라 이번에는 20여 명의 학생들이 토론을 위해 발표자와 반론자로 나뉘었고, 그는 자신이 좋아하는 셰익스피어와 관련된 주제를 골랐습니다. 즉, 그가 좋아하는 작품인 『트로일러스와 크레시다』(Troilus und Cressida, 트로이 전쟁을 소재로 한 셰익스피어의 희곡 - 옮긴이)의 주인공을 패러디적인 인물로 보아야 할지, 이 작품 자체가 풍자극인지 혹은 조소의 이면에 숨겨진 비극으로 보아야 할지 등이 그 주제였지요.
그는 능숙한 손길로 불을 붙이듯, 단순한 정신적인 대화에서 전류같은 흥분을 점화시켰습니다. 무심한 주장에 맞서서 설득력 있는 논증이 튀어나왔고, 서로간의 논쟁이 날카롭고 과감하게 펼쳐지더니, 젊은 학생들이 거의 적대적으로 변할 정도로 토론은 뜨겁게 격앙되었습니다. 토론의 불꽃이 뜨겁게 튀어 오르자 비로소 선생님이 중간에 끼어들어 지나치게 격렬한 논박을 누그러뜨리고 토론의 방향을 능숙하게 주제의 내용으로 돌려놓았습니다. 그렇지만 그와 동시에 초시대적인 담론을 은연중에 흘려 넣음으로써 더욱 강력한 정신적 도약의 의미를 부여했지요.

그는 정신적인 불꽃놀이의 한복판에 서서 다양한 의견의 닭싸움을 자극하고 잡아당기기도 하면서 스스로 유쾌하게 흥분하기도 했습니다. 거장(巨匠)은 이렇게 밀려오는 청춘의 열광에 스스로 휩쓸렸던 겁니다. 그는 책상에 기대어 두 팔을 가슴에 낀 채 한 학생에게는 미소를 짓고 다른 학생에게는 반대의견을 제시해 볼 것을 격려하듯 남몰래 눈짓을 보내며, 한 사람한 사람에게 시선을 건넸습니다. 그의 눈은 어제처럼 고무되어 반짝반짝 빛이 났습니다.

자신이 개입함으로써 학생들의 입에서 말이 끊기지 않게 하려고 선생님이 꾹 참고 있다는 것을 느낄 수 있었습니다. 그는 온 힘을 다해 자제하고 있었으며 나무통을 누르듯 두 손으로 세게 가슴을 누르고 있었습니다. 이미 무엇인가 하고 싶은 말을 간신히 억누르는 갈라진 입언저리 모습에서도 그 사실을 알아차릴 수 있었습니다.

그러다가 더 이상 참을 수 없었던 그는 마치 수영 선수가 뛰어들 듯 토론으로 재빨리 끼어들어 지휘봉을 잡은 것처럼 힘차게 손을 치켜든 제스처로 소란을 잠재웠습니다. 그러자 일순간에 모두 조용해졌으며, 선생님은 특유의 둥근 원을 그리는 동작으로 모든 논증을 요약하여 설명하였습니다. 강의하는 동안 그의 얼굴은 어제처럼 생기가 넘쳤고, 고동치듯 움직이는 신경 뒤로 주름이 사라졌으며, 대담하고 자신감 넘치는 동작이 목과 신장까지 뻗쳐졌습니다. 귀를 기울이고 움츠린 자세로 밀려오는 폭풍에 몸을 던지듯, 나는 그의 강의에 온 정신을 집중했습니다. 즉흥적인 열정이 그를 사로잡은 것입니다.

그때 나는, 그가 혼자서는 아무 감흥도 느끼지 못하는 분이며, 딱딱한 강의를 하거나 홀로 서재에 있으면 내부의 벽을 폭발시켜 우리를 숨 쉴 수 없게 사로잡는 매혹의 가연성 연료가 결핍되어 버림을 어렴풋하게나마 깨닫기 시작했습니다.

오, 나는 느낄 수 있었지요. 그는 자신의 열정을 위해 우리의 열정이, 스스로를 소진시키기 위해 우리의 열기가, 기쁨의 환희 속에 청춘의 기운을 느끼기 위해 우리 젊은이들이 꼭 필요하다는 것을. 열중하는 자신의 손으로 더욱 격렬해진 리듬에 스스로 도취된 타악기 연주자처럼, 그의 연설은 뜨거운 말 가운데서 점점 더 훌륭하게, 점점 더 열띠게, 점점 더 다채롭게 비상했습니다. 우리가 더 깊은 침묵에 잠길수록, (우리의 숨소리는 자신도 의식하지 못한 사이 멎어 버린 것 같은 느낌이 들었습니다.) 그의 표현은 한층 고조되고 긴장되어 찬양의 소리처럼 드높게 울려 퍼졌습니다. 그 순간, 그의 말에 완전히 귀를 기울인 상태로 우리 모두는 하나가 되어 그 사람의 일부분이 되었으며, 넘쳐흐르는 감정의 흐름 속으로 빨려들어 갔습니다. 그리고 또 다시, 괴테의 셰익스피어론을 언급하면서 그가 강의를 끝마치자 우리의 흥분은 두 조각으로 깨지고 말았습니다. 그는 어제와 마찬가지로 지친 모습으로 책상에 몸을 기댔습니다. 얼굴은 창백했지만 신경질적으로 떨리는 미세한 경련으로 가득했으며, 두 눈에는 감정이 용솟음쳐 흐르는 희열이 타올랐습니다. 그 모습은 마치 지금 막 격렬한 포옹 상태에서 빠져나온 여인 같았습니다.

나는 그와 대화를 나누고 싶어 망설이고 있었습니다. 그런데 우연히 그의 눈빛이 나를 향하고 있었습니다. 분명 그는 나의 감격에 가득 찬 감사의 표정을 느꼈을 것입니다. 그는 호의적인 표정으로 미소를 지으며 편하게 다가와 내 어깨에 손을 얹고는 약속한 대로 오늘 저녁에 자기 집으로 오라고 상기시켜 주었습니다.

7시 정각에 그의 집에 도착했습니다. 소년이나 다름없던 내가 그 집 문턱을 처음 넘었을 때 얼마나 떨렸던지! 젊은 청년의 숭모(崇慕)보다 더 정열적인 것은 없고, 그 불안한 부끄러움보다 더 여리고 여성적인 것도 없는 법입니다.

그의 서재로 안내를 받아 들어갔습니다. 처음에는 유리로 된 책장에 꽂힌 많은 책들의 다채로운 뒷모습만 보이는, 약간 어두운 공간인 듯 했습니다. 라파엘(Raffael, 르네상스 시대의 화가 - 옮긴이)의 '아테네 학당'(Schule von Athen)이 책장 위에 걸려 있었는데, (나중에 교수님이 내게 설명하시길) 그가 특별하게 아끼는 그림이었습니다. 그 이유는 모든 유형의 가르침, 정신의 모든 형상들이 이 그림 속에 상징적으로 완전한 종합체를 이루면서 통일되었기 때문이라는 것이었습니다.

이 그림을 본 것은 그때가 처음이었습니다. 소크라테스의 완고한 얼굴 속에서 나도 모르게 그의 이마와 비슷한 모습을 발견했습니다. 뒷면에는 하얀 색으로 된 파리의 가니메데스(Ganymed, 올림포스로 유괴되어 신들의 연회에서 술 따르는 일을 맡았던 그리스 신화 속 트로이의 왕자 - 옮긴이)의 축소된 흉상이, 그 옆에는 옛 장인(匠人), 성(聖) 세바스찬(Sebastian, 화살로 처형당했지만 기적적으로 살아난 순교자 - 옮긴이)이 세워져 있었는데, 이 비극적 아름다움이 기쁨의 아름다움 옆에 놓여 있는 것은 우연이 아니었지요.

방을 온통 둘러싸고 있는 기품 넘치는 침묵의 예술 속 형상들처럼, 나 또한 숨을 멈춘 채 두근거리는 마음으로 그를 기다리고 있었습니다. 형상들은 내가 전에는 예감하지 못했고 그때까지도 분명하게 느끼지 못했던 새로운 유형의 정신적 아름다움을 발산하고 있었지요. 어느덧 나는 그 예술 속 형상들에 대해 형제 같은 느낌이 들기 시작했습니다.

예술품을 감상한 시간은 얼마 되지 않았습니다. 기다리던 사람이 들어와 내게 다가왔던 것입니다. 다시금 그의 따뜻하게 감싸는 듯한, 숨겨진 불꽃처럼 이글거리는 눈빛이 내 몸에 스치고, 내 마음 속 깊이 숨겨진 비밀이 녹아내려 스스로 놀라고 말았습니다. 곧바로 나는 친구처럼 그 분과 자유롭게 대화를 나누었으며, 베를린에서의 학교생활에 관해 그가 물었을 때, 갑자기 - 그때는 정말 놀라지 않을 수 없었습니다. - 아버지가 찾아오신 이야기가 내 입술에서 터져 나왔고, 앞으로 전력을 다해 학문에 전념하겠다는 비밀서약까지도 낯선 그에게 고백했던 것입니다. 감동을 받은 표정으로 그가 나를 바라보았습니다.

"열심히 하는 것뿐만 아니라, 무엇보다 열정을 갖기를 바라네. 정열이 없는 사람도 교사는 될 수 있을 거야. 하지만 사람은 어떤 일이든 마음속에서부터 시작하여 이뤄내지 않으면 안되는 거야. 언제나 열정으로부터 시작해야만 하네. 언제나."

그의 목소리는 한층 더 온화해졌지만 방은 점점 더 어두워졌습니다. 그는 자신의 젊은 시절에 대해, 자기가 얼마나 바보같이 시작했고 자기 소질을 찾았을 때가 얼마나 늦은 때였는지를 이야기해 주었습니다. 그리고 내가 용기를 내야 한다고, 자신이 옆에 있는 한 얼마든지 도울테니 원하는 것이나 물어보고 싶은 것이 있으면 아무 걱정 말고 무슨 부탁이든 무슨 질문이든 해도 좋다는 말도 덧붙였지요.

내 일생을 통해 내게 그렇게 공감하며 깊이 있게 이해해 준 사람을 본 적이 없었습니다. 고마움 때문에 몸이 떨렸으며, 방이 어두워서 두 눈이 촉촉이 젖어 있음을 들키지 않은 것이 다행스러웠습니다.

시간가는 줄도 모르고 한없이 머물러 있을 뻔했는데, 때마침 노크소리가 들렸습니다. 문이 열리고 날씬한 자태가 그림자처럼 모습을 드러냈습니다. 교수님이 일어나서 소개해 주었습니다.

"내 아내일세."

길게 뻗은 그림자가 희미하게 들어와 가냘픈 손을 내 손에 건네고는 남편 쪽으로 몸을 돌리며 이렇게 재촉했습니다.

"저녁식사가 준비되었어요."

"그래. 그래. 알았어요." 라고 (적어도 나는 그렇게 느꼈는데) 그는 약간 짜증 섞인 말투로 황급히 대꾸했습니다. 그의 목소리에 느닷없이 어떤 차가운 냉기가 맴돌았고, 전깃불이 켜졌습니다. 무심한 표정으로 작별인사를 전하는 그는 무미건조한 강의실의 나이 든 남자 모습으로 다시 돌아갔습니다.

그 다음 2주 동안 나는 미친 듯이 열광적으로 읽고 배우는 데 온 시간을 쏟아 부었습니다. 한순간도 허비하지 않으려고 방 밖으로 거의 나가지도 않았으며, 선 채로 식사하면서 휴식도 없이, 잠도 자지 않고, 한순간도 쉬지 않고 공부에만 매달렸습니다. 동방의 마법동화 속 이야기처럼, 각 방마다 엄청나게 많은 보물과 보석을 발견하고, 굳게 닫힌 그 방의 문에서 차례차례 봉인함을 열어젖히고는 점점 더 욕망이 커지자 그 집의 모든 방들을 다 찾아내 마침내 마지막 장소까지 도달한 왕자가 된 것 같았습니다.

그렇게 한 권을 읽고 다시 다른 책을 계속 독파하면서 심취했지만, 그 어느 책에도 흡족함을 느끼지 못했지요. 억제할 수 없는 마음이 나의 영혼 속까지 파고들었습니다. 난생 처음으로 길조차 없는 머나먼 정신세계에 대한 어렴풋한 느낌이 밀려왔습니다. 여러 도시를 모험하는 것 같은 유혹과 그 모험을 성취할 수 없을 것 같은 소년 특유의 불안이 동시에 느껴졌습니다. 그래서 시간을 유용하게 활용하려고 잠자는 시간도, 오락이나 대화도, 기분전환도 일절 줄였지요. 난생 처음으로 시간의 소중함을 깨달았습니다. 하지만 무엇보다 나의 부지런함을 그토록 뜨겁게 가열시킨 것은 선생님의 기대에 부응하려는, 그의 신뢰에 실망을 끼쳐드리지 않고 나를 사로잡았던 그의 미소를 얻고 싶은 허영심, 내가 그에게 느끼는 감정을 선생님도 내게 느끼기를 바라는 바로 그 허영심이었습니다.

그가 감동하도록, 그가 놀라움을 느끼도록 사소한 기회라도 놓치지 않고 모두 연습해 보았습니다. 서투르지만 유난히 뛰어난 나의 넘치는 감각을 쉴 새 없이 발휘했던 것입니다. 선생님이 강의 중에 내가 모르는 작가가 쓴 작품에 대해 언급하면 오후에 곧장 그 작가를 찾아내서 다음날 토론 때 그 작품에 관한 나의 지식을 우쭐대며 과시했습니다. 그가 다른 학생들은 전혀 알아차리지 못하는 어떤 희망사항을 피력하기라도 하면, 그것이 내게는 명령처럼 와 닿았습니다. 예를 들면, 학생들이 계속 담배를 피워대는 것이 못마땅하다고 지극히 무심하게 던진 한 마디에도 피우고 있던 담배를 던져 버리고 꾸지람 받을

법한 습관을 단번에 영원히 단절할 정도였으니까요. 복음서의 말씀처럼 그의 말이 나에게는 은총이자 율법이었습니다. 쉬지 않고 감시하듯 극도로 긴장된 나의 집중력은 선생님이 대수롭지 않게 던진 말을 탐욕스럽게 들이마셨습니다. 그의 말 한 마디, 동작 하나하나를 게걸스럽게 주워 담았고, 그렇게 주워 담은 것들을 집에 돌아와서 모든 감각을 동원하여 정열적으로 어루만지며 간직했습니다. 그 분만이 유일한 나의 지도자인 듯, 질투심으로 꽉 찬 나의 의지는 매일매일 새로운 다짐을 통해 학교 친구들을 그저 능가하고 뛰어 넘어야 하는 적(敵)으로 간주하곤 했습니다.

내게 선생님이 큰 의미가 있는 존재라는 것을 본인도 느꼈는지 아니면 나의 격정을 좋아했는지 모르겠지만, 그는 곧 각별히 내게, 내가 분명히 느낄 수 있는 관심을 보여주셨습니다. 그는 나의 책읽기에 대해 조언을 해 주었고, 공동토론 시간에는 신출내기인 나에게 분수에 넘칠 정도로 우선권을 주었으며, 친밀한 대화를 나눌 수 있도록 종종 저녁 시간에도 찾아가는 것이 허락되었습니다. 그럴 때면 선생님은 대개 벽에 있는 책장에서 책을 꺼내고는 카랑카랑한 목소리로 그것을 읽었지요.

시와 비극을 읊는 그의 목소리는 한 음계씩 올라갈 때마다 고조되면서 점점 더 낭랑하게 울려 퍼졌으며, 논란의 여지가 있는 문제들에 대해서는 설명을 덧붙이기도 했습니다. 흠뻑 빠져들었던 그 첫 2주 동안, 예술의 본질적인 내용에 대해 지금까지의 19년보다 훨씬 많은 것을 배웠습니다. 내겐 너무 짧게 느껴졌던 그 시간은 항상 우리 두 사람 뿐이었지요.

그리고 저녁 8시가 되면, 조용히 문 두드리는 소리가 났습니다. 그의 부인이 저녁식사 때라는 것을 알리는 소리였습니다. 그녀가 방 안으로 들어온 적은 한 번도 없었는데, 그건 우리 대화를 중단시키지 말라는 남편의 당부에 따른 것임이 분명했습니다.

그렇게 14일이 흘러갔습니다. 팽팽하게 당겨진 용수철이 튀어오르듯, 아침마다 내 안에서 학문을 향한 열정이 뜨겁게 달아올랐던 초여름의 날들이었습니다. 사실 처음부터 선생님은 내열의가 너무 지나쳐서는 안 되며, 가끔 하루 정도는 쉬면서 야외로 떠나는 것이 좋을 거라고 주의를 주었는데, 그 예언은 갑작스럽게 실현되었습니다. 희미하게 잠든 상태에서 깨어나도 정신이 몽롱했고, 책을 좀 읽으려 하면 활자가 모두 작은 바늘 모양처럼 어지럽게 아른거렸습니다. 선생님의 아주 사소한 말에도 노예처럼 충실했던 나는 즉각 그의 말에 따르기로 결심하고, 공부 욕심으로 꽉 찬 여러 날 사이에 자유롭게 노는 하루를 끼워 넣기로 했습니다.

아침부터 길을 떠나 부분적으로 고풍스러운 모습을 간직한 도시를 처음으로 둘러보았지요. 그저 육체를 긴장시키려고 교회 탑까지 이어지는 수백 개나 되는 계단을 올라갔고, 그 탑의 전망대에 올라가서 초록으로 둘러싸여 있는 작은 호수를 발견했습니다. 북쪽 지방 해안가 출신인 나는 수영을 너무나 좋아했는데, 푸른 호수가 작은 점들이 촘촘히 모여 있는 초원처럼 빛나고 있는, 그런 풍경이 내려다보이는 그 탑 위에 서 있으니 바람이 내 고향에서 불어온 듯 해서 갑자기 물속으로 뛰어들고 싶은 억제할 수 없는 욕망이 나를 휘감았습니다.

점심식사를 마친 후에 수영장을 찾아 물속에서 뒹굴고 헤엄치다 보니, 기분 좋은 느낌이 나의 온 몸에서 다시금 살아났습니다. 팔 근육이 몇 주일 만에 다시 유연한 힘으로 쭉 뻗혀졌고, 벌거벗은 피부에 와 닿는 햇살과 바람이 불과 30분도 되지 않아 친구들과 거칠게 장난을 치고 거리낌 없이 어리석은 짓을 하며 목숨을 걸었던 예전의 무모한 젊은이로 나를 다시 변모시켜 주었습니다. 격하게 움직이고 몸을 활짝 펴는 동안 책이라든가 학문에 대한 생각은 더 이상 머릿속에서 떠오르지 않았습니다. 나 자신에게 도취되고 오랫동안 결핍되었던 열정에 사로잡혀, 나는 다시 찾은 물속을 두 시간 동안 마구 파고들었습니다. 족히 서른 번은 스프링보드에서 물속으로 뛰어들고, 낙하 도중 넘치는 기운을 발산했습니다. 호수를 두 번이나 왕복했지만 끓어오르는 힘은 여전히 지칠 줄 몰랐습니다. 거친 숨을 몰아쉬고 긴장된 근육을 뒤흔들며 나는 강력하고 무모하고 신나는 새로운 실험거리가 있는지 두리번거리며 주변을 둘러보았지요.

바로 그때 저편 여자 수영장 쪽에 있는 스프링보드가 삐걱거리는 소리가 들리더니 곧장 바닥 받침대까지 흔들릴 정도로 힘차게 부딪혀 흔들거리는 느낌이 전해졌습니다. 그리고 벌써 스프링보드 구석에서 터키 칼처럼 빛나는 반원을 그리며 날씬한 여자의 몸이 높게 솟구치더니 거꾸로 떨어지고 있었습니다. 그 순간, 첨벙하는 소리와 함께 하얗게 거품이 일면서 생긴 소용돌이가 호수를 크게 헤집어 놓았으며, 팽팽한 몸이 곧장 수면 위로 다시 떠올라 힘차게 물을 가르며 호수 한가운데 섬을 향해 헤엄쳐 가는 것이었습니다.

'저 여자를 뒤쫓아 따라잡자!'

승부욕이 나의 근육을 잡아당겨 단숨에 물속으로 뛰어들게 만들었지요. 나는 어깨를 쭉 뻗으며 격렬한 질주로 그녀의 흔적을 뒤따라 돌진했습니다. 그녀는 분명히 내가 뒤쫓아 오는 것을 눈치 채고 마치 경쟁할 준비가 되어 있다는 듯, 자신이 앞서가고 있는 상황을 야무지게 이용하여 교묘하게 섬을 돌아 재빠르게 되돌아오고 있었습니다. 그녀의 의도를 간파한 나도 그녀와 똑같이 오른쪽으로 돌아 힘차게 헤엄쳤습니다. 우리 두 사람 간의 간격이 한 뼘 차이밖에 되지 않을 정도로 앞으로 쭉 뻗은 내 손이 그녀가 가르고 간 물살에 금방 닿았습니다. 그러자 추격을 당하고 있는 그녀는 대담하고 약삭빠르게 수면 아래로 잠수하면서 얼마 지나지 않아 여성 전용 차단구역에 모습을 나타내 내가 더 이상 추격할 수 없게 만들었습니다. 승리를 거둔 그녀는 흠뻑 젖은 채 계단 위를 오르고 있었는데, 틀림없이 숨이 찼던 것인지 가슴에 손을 대고 잠시 멈춰

서 있었습니다. 경계구역에 막혀 오지 못하는 나를 보자, 그녀는 하얀 치아를 드러내고 승리감을 뽐내면서 나를 향해 웃음을 지었습니다. 따가운 햇살과 수영모에 가려 그녀의 얼굴을 제대로 볼 수 없었지만, 패배한 나를 향한 그녀의 미소만큼은 비웃듯 매끈하게 빛나고 있었습니다.

나는 약이 오르기도 했지만 동시에 기쁜 마음도 들었지요. 베를린 생활 이후 처음으로 다시 내게 관심을 보이는 여성의 눈빛을 느꼈기 때문입니다. 어쩌면 모험으로 유혹하는 눈짓인 것 같기도 했습니다. 팔을 크게 세 번 휘저으며 남자 수영장 쪽으로 헤엄쳐 가서 아직까지 젖어있는 살갗 위로 서둘러 옷을 걸쳤습니다. 출구에서 제시간에 맞춰 그녀를 기다려 보자는 심산이었습니다.

10분가량 기다리다 보니 - 소년 같은 날씬한 모습 때문에 그녀를 쉽게 알아볼 수 있었습니다 - 나의 용감한 맞상대였던 그 여인이 가벼운 발걸음으로 나타났는데, 내가 기다리고 있는 것을 보더니 한층 더 발걸음을 재촉했습니다. 내가 말을 건넬 기회를 차단하겠다는 의도를 드러낸 것이었겠지요. 수영할 때처럼 그녀는 뜀박질하듯 민첩하게 걸었습니다. 사춘기 소녀처럼 날씬하고 가냘픈 몸매인데도 걸어가는 그녀의 모든 관절은 힘차게 움직이고 있었습니다. 날아갈 듯 앞으로 내딛는 그녀를 눈에 띄지 않게 따라 잡느라 정말 숨이 가빴지만, 마침내 그녀를 따라 잡는데 성공했습니다. 꺾어지는 길목에서 교묘하게 그녀 앞을 가로질러, 학생들이 하는 방식으로 모자를 약간 쳐들고는 아직 그녀와 눈을 제대로 마주치기도 전에 같이 걸어도 되냐고 물었습니다. 그녀는 빠른 속도로 걷는 것을 늦추지 않은 채 옆에서 비웃는 듯 쳐다보고는 도발적인 말투로 대답했습니다.

"당신에게 내 걸음걸이가 너무 빠르지 않다면, 안 될 건 없죠!"
거리낌 없이 당당한 그녀의 태도에 고무되어 더 짓궂게 이런저런 호기심 어린, 그러나 대부분 어리석은 질문들을 던졌습니다. 그런데 그녀는 이런 물음에 이미 준비를 하고 있었다는 듯, 깜짝 놀랄 정도로 자유롭게 받아넘겨서 원래의 내 의도는 진척되기 보다는 혼란에 빠졌습니다. 베를린에서 말을 건넸던 나의 방식은 빠르게 걸어가면서 척척 받아 넘기는 식이 아닌 반항과 조소를 노린 것이었기 때문에, 나보다 훨씬 고단수인 이 여성에게 또 다시 한 방 먹었다는 생각이 들었습니다.

하지만 상황은 더 안 좋은 방향으로 치닫고 있었지요. 내가 계속 경솔하게 주제 넘는 짓을 하면서 사는 곳이 어디인지 물어보자, 바로 그때, 더 이상 웃음을 숨기지는 않은 채 생동감 넘치는 두 눈이 갑자기 나를 쏘아보며 빛을 품었습니다.

"당신 집과 아주 가까운 곳이죠."

너무 놀라서 나는 얼어붙은 듯 서 있었습니다. 화살이 제대로 적중했는지 확인하듯 그녀는 다시 한 번 나를 쳐다보았습니다. 정말 화살이 내 목에 제대로 꽂힌 셈이었지요. 무례하기 그지없는 베를린 때의 말버릇이 순식간에 사라졌으며, 자신감을 완전히 잃고 겸손하게 더듬거리며, 함께 걷자고 해서 불쾌하지는 않으셨냐고 물었습니다.

"괜찮아요." 그녀가 다시 웃었습니다. "이제 두 거리밖에 안 남았으니까 그냥 같이 가면 되겠네요."

순간, 정말 정신이 혼미해졌고, 더 이상 걸을 수 없을 지경이었습니다. 하지만 어쩔 도리가 없었으며 이제 와서 방향을 바꾼다는 것은 더 모욕적인 일이었습니다. 그렇게 내가 사는 집까지 그녀와 같이 올 수밖에 없었습니다. 집에 이르러서 그녀가 발걸음을 멈추고 악수를 청하며 가볍게 인사했습니다.

"같이 와 주셔서 고마워요! 오늘 저녁 6시에도 제 남편에게로 오시겠죠?"

너무 창피해서 온 몸이 벌겋게 달아올랐습니다. 정식으로 사과의 말을 건네기도 전에, 그녀는 재빨리 계단 위로 올라갔습니다. 나는 아무 생각 없이 떠들어대며 어리석게도 나 자신을 뻔뻔한 인간으로 만들어버린 이야기들을 떠올리며 공포에 사로잡혀 그 자리에 서 있었습니다. 허풍쟁이 바보처럼 편하게 대하는 여자에게 하듯 그녀에게 일요일에 놀러 나가자고 했고, 닳고 닳은 방식으로 몸매 칭찬을 했으며, 외로운 학생의 감상조의 상투적 탄식을 늘어놓기도 했으니 말입니다.

너무 창피해서 토하고 싶은 심정이었고 구역질 날 정도로 속이 메스꺼웠습니다. 웃으며 사라진 그녀는 의기양양하게 자기 남편의 귀에 나의 바보 같은 짓거리들을 모조리 이야기 할 것이고, 그는 모든 사람들 앞에서 나에 대한 판단을 내릴 것이며, 벌거벗겨진 채 시장 한복판에서 채찍질 당하는 것보다 그에게 웃음거리가 된다는 것이 내게는 더 참담하게 여겨졌습니다. 저녁때까지의 시간은 실로 두렵기만 했습니다. 머릿속에서는 선생님이 나를 맞으며 예민하고 반어(反語)적인 웃음을 짓는

모습이 수천 번이나 그려졌지요. 그 분은 냉소적인 말을 자유
자재로 구사하는 사람이며, 농담 한 마디로도 내 몸속 깊은
곳을 찔러 얼굴을 후끈 달아오르게 만들 수 있는 사람이라는
것을 나는 잘 알고 있었습니다. 그 어떤 죄수도 그 때의 나보다
더 곤혹스런 심정으로 단두대 위에 오르지 않았을 것입니다.
목이 메어 뭉클한 그 무엇을 억지로 삼키면서 그의 서재로 들
어서자, 혼란스러움은 더 증폭되었습니다. 옆방에서 여자 옷자
락이 스치듯 바스락거리는 소리가 들리는 것 같았습니다. 신
이 난 그녀가 난처한 내 처지를 고소해 하며 버릇없는 젊은이
가 당하는 수치를 실컷 구경하기 위해 엿듣는 것이 틀림없다
고 생각했습니다. 드디어 선생님이 나타나셨습니다.

"자네 어떻게 된 건가?" 걱정스러운 표정으로 그가 물었습니
다. "오늘 안색이 안 좋은데."

마음속으로 실컷 두들겨 맞을 각오를 하면서 괜찮다고 그의
질문을 슬쩍 피했습니다. 하지만 무서운 단죄는 집행되지 않
았지요. 그는 평소와 다름없이 학문에 관한 내용만 이야기할
뿐이었습니다. 불안한 마음에 그의 말을 자세히 들어 보았지
만, 거기에는 슬쩍 떠보거나 반어 같은 기색은 전혀 없었습니

다. 그래서 나는 - 처음에는 놀랐고 그 다음에는 고맙게도 - 그녀가 아무 말도 하지 않았음을 알았습니다.

8시에 다시 문 두드리는 소리가 들려서 작별인사를 하고 나왔습니다. 가슴속에서 심장이 멈춰 선 것 같았지요. 문밖으로 나왔을 때 부인이 내 옆을 스쳤습니다. 내가 인사를 건네자 그녀도 나를 보고 가볍게 웃었습니다. 피가 요동치는 느낌이 들었지만 그녀의 너그러운 미소를 앞으로도 그 일을 계속 발설하지 않겠다는 약속의 의미로 받아 들였습니다.

그때부터 나는 새로운 관심을 갖기 시작했습니다. 지금까지는 젊은이다운 열렬한 숭배가 선생님을 다른 세계의 신적인 존재로 느끼게 했기 때문에, 그의 현실 사생활에 대한 관심은 갖지 않았습니다. 모든 진실한 열중은 과장됨에 빠지기 마련이지만, 특히나 내게 있어서 그는 우리 세계의 질서 정연한 일상과는 무관한 곳을 지향하는 존재로 여겨졌습니다.

첫사랑에 빠진 소년이 신성하게 생각하는 소녀의 벗은 몸을 상상속에서 감히 떠올리지 못하고, 그녀를 수천 명의 다른 소녀들과 같다고는 감히 생각하지 못하듯이, 나 역시 그의 사적인 삶을 몰래 엿보는 행동은 감히 할 수 없었던 것입니다. 나는 그 분을 언제나 높이 받들었습니다. 구체적이고 보편적인 것과 완전히 동떨어진 사람이면서, 언어의 전령이자 창조적인 정신으로 가득 찬 존재로서, 나는 항상 그를 생각하고 있었던 것입니다.

그런데 느닷없이 그의 부인과의 희비극(喜悲劇) 같은 모험에 부딪히면서, 부득이하게 선생님의 가족과 가정 생활을 더 은밀하게 관찰하게 되었습니다. 사실 내 의지와 달리, 불안하게 엿보고 싶은 호기심이 내 마음의 눈을 열어 준 것입니다.

마음 속 염탐의 눈빛이 움직이자마자 나는 벌써 혼란스러워지고 말았습니다. 그의 생활이 자기 집 안에서는 아주 독특했으며, 불안한 수수께끼로 가득 했기 때문입니다.

첫 만남 직후 정식으로 식사 초대를 받아 선생님뿐만 아니라 그의 부인과도 함께 만났을 때 이미 집안 분위기가 특이하게 꼬여있다는 생각이 들었고, 그 집 안으로 들어가면 들어갈수록 혼란스러운 느낌은 정도를 더해 갔습니다. 말과 몸짓에서 어떤 긴장감이 존재하거나 두 사람 사이에 언짢은 감정이 드러난 것은 아니었습니다. 오히려 정반대로 아무 긴장도 느낄 수 없다는 것, 교묘하게 숨겨지고 알아챌 수 없게 하는 무겁고 후덥지근한 감정의 무풍(無風)만이 존재 할 뿐이라는 것, 그 것이 갈등의 폭풍이나 감추어진 원한의 번개보다 더 무겁게 분위기를 억누르고 있다는 것을 알았습니다. 표면적으로는 어 떤 자극이나 긴장도 드러나지 않았습니다. 그저 내면으로부터 의 거리감이 더욱 강하게 느껴졌을 뿐 입니다. 아주 드물게 나 눈 대화 중의 질문과 대답도, 손을 맞잡으며 진심으로 서로 마 음을 터놓는 식이 아니라, 흡사 급하게 손가락 끝만 살짝 접 촉하는 듯한 느낌이었습니다. 그럴때의 그는 나에게마저 뻣뻣 하고 틀에 박힌 태도를 보였습니다. 다시 공부에 관한 이야기 로 돌아가지 않는 한 우리의 대화는 결국 깨뜨릴 수 없는 결 빙처럼 동결되었고, 그 차가운 침묵이 몇 시간이고 마음을 압 박하곤 했습니다.

그러나 그 무엇보다 나를 놀라게 한 것은, 그가 철저히 고립 되어 있다는 사실이었습니다. 열려있고 대단히 개방적인 역량 을 가진 그 남자는 친구 한 사람 없었으며, 오로지 학생들만 이 교제 상대였으며 위로였던 것입니다. 정중하고 정확한 관 계 이외에는 대학 동료들과도 어떤 관계도 맺지 않았으며, 모임에는 한 차례도 참석한 적이 없었습니다. 스무 발자국 정도 되는 학교로 가는 길 이외에는 며칠동안 집을 떠나지 않는 경우도 종종 있었습니다. 그는 사람도 책도 전혀 믿지 않고 묵묵히 자신의 내면에 모든 것을 묻어버리는 성격이었던 것입니다.

그제야 나는 학생들과 함께 있을 때 그 연설이 그렇게 폭발하듯 분출하고 광적으로 용솟음치는 것을 이해하게 되었습니다. 풍부한 이야깃거리가 며칠 동안 꽉 막혀 있다가 갑자기 터져 나오자, 묵묵히 간직하고 있던 모든 사상이 억제할 수 없는 힘으로 돌진한 것입니다. 그건 마치 말 옆에 있던 기사가 마구간에 불이 붙자 침묵의 울타리를 박차고 언어의 싸움터로 이글거리며 뛰쳐나가는 모습과도 같았습니다.

집에서 그는 거의 말이 없었고, 심지어 부인과도 그러했습니다. 세상 경험이 없는 나같은 어린 사람도 걱정스러워 보일 만큼 두 사람 사이에는 어두운 그림자가 항상 드리워져 있었습니다. 그 그림자는 느낄 수 없는 어떤 물질들에 이끌려 이리저리 흩날리면서 서로를 완전히 차단하고 있었지요.

처음으로 나는 결혼이란 것은 너무나 많은 비밀을 외부에 숨기는 것이라고 생각하게 되었습니다. 마치 문턱 위에 별 모양의 부적이 표기된 것처럼, 특별한 부탁이 없는 한 부인이 그의 서재에 발을 들여놓는 일은 단 한 번도 없었습니다. 이로써 그녀가 남편의 정신적인 세계와 완전히 차단되었음을 확연하게 알 수 있었습니다. 선생님은 그녀가 있을 때에는 자신의 계획과 연구에 관해 이야기하는 것을 일절 허용하지 않았습니다. 열정적으로 달아올라 문장을 읊다가도, 부인이 들어오면 갑자기 말을 중단해 버리는 모습에는 나조차도 고통을 느꼈습니다. 그의 태도에서 아내에게 갖추어야 하는 최소한의 예의란 전혀 찾아볼 수가 없었습니다. 그는 쌀쌀맞고 노골적으로 그녀가 끼어드는 것을 거절했습니다.

하지만 그녀는 그같은 모욕을 알아차리지 못하거나, 이미 익숙하게 받아들이는 듯 했습니다. 그녀는 재기발랄한 젊은이 같은 표정으로 가볍고 재빠르며, 힘차고 유연하게 손을 바삐 움직이며 계단을 오르락 내리락 했습니다. 시간을 내서 연극을 보러 가기도 했으며 운동도 게을리 하지 않았습니다.

서른다섯 살의 그녀는 책과 집안 형편같은 것, 폐쇄적인 것, 조용한 것, 차분한 것에 대해서는 도통 감각이 없었습니다. 그러나 그녀는 - 항상 흥얼거리고 미소를 잃지 않으면서도 비꼬는 말투를 준비하곤 했는데 - 춤을 추거나 수영을 할 때, 달리기를 할 때처럼 육체적인 에너지를 발산하며 몸을 움직일 때 가장 기분좋아 보였습니다.

그녀는 나와 진지한 대화를 나누지 않았고 언제나 다 자라지 못한 어린애를 대하듯 나를 놀렸으며, 기껏해야 활기찬 운동 시합의 파트너로만 취급했습니다. 이렇게 민첩하고 밝은 그녀의 성격은 어둡고 대단히 내성적이며 오직 정신적인 것에만 활기를 띠는 선생님의 삶의 형태와 이상하리만큼 상반된 대조를 이루었습니다. 나는 늘 새롭게 놀라며, 애초부터 어울리지 않는 두 사람의 성격을 서로 결합시키는 것이 무엇일까 하고 스스로에게 묻곤 했습니다.

물론 그처럼 확연한 대조는 내게 있어서 다행한 일이었습니다. 지치도록 몰두했던 공부에서 벗어나 그녀와 대화를 나누게 되면, 머리에서 무거운 헬멧을 벗어버린 듯 편안한 느낌이 들었기 때문입니다. 그리고 모든 일들이 황홀한 흥분에서 벗어나 다시 일상의 색깔로, 명료한 현실 세계로 돌아온 것 같았습니다. 삶의 쾌활한 교류는 유희처럼 그 권리를 요구하였고 잔뜩 긴장한 채 선생님과 함께 있을 때에는 거의 잊었던 것, 즉 웃음이 고맙게도 정신의 강력한 억압에서 벗어나게 해 주었습니다. 선생님의 부인과 나, 둘 사이에는 일종의 청춘의 우정 같은 것이 맺어졌습니다. 우리 두 사람은 그다지 중요하지 않은 이야기에 대해서도 늘 편하게 떠들었고 같이 연극을 보러 가는 등 함께 있을 때에는 아무런 긴장감도 느끼지 않았습니다. 다만 아무 거리낌 없이 이어지던 우리의 대화를 고통스럽게 중단시키는 것이 딱 하나 있었는데, 그때마다 나는 당황하지 않을 수 없었습니다. 그것은 바로 그녀의 남편의 이름이 거론될 때였습니다. 그럴 때면 그녀는 호기심어린 나의 질문에 대해 민감한 침묵으로 일관하거나 내가 열심히 말하는 동안에도 억눌린 듯한 이상한 웃음으로 대응했습니다. 어쨌거나 그녀의 입술은 굳게 닫혀 있었습니다. 방식은 다르지만 그녀 또한 남편이 자신에게 했던 것과 똑같은 격렬한 몸짓으로 그를 자신의 삶 밖으로 밀어낸 것입니다. 동일한 침묵의 지붕이 그와 그의 부인, 두 사람의 15년을 은폐하고 있었던 것입니다. 그렇지만 그 비밀을 자세히 들여다 볼 수 없을수록, 알고자 하는 초조한 심정의 유혹은 커져만 갔습니다. 거기에는 하나의 그림자, 혹은 하나의 베일이 있어서 가까이에서 불어오는 한 마디 말의 미세한 숨결에도 특별하게 흔들리는 것을 느꼈습니다. 몇 번이고 그 흔적을 포착했다고 느끼곤 했지만, 그때마다 그 천은 다시 미끄러지고 헝클어져 버리곤 했습니다. 감지할 수 없는 언어였고, 파악할 수 없는 형상인 그것은 어느 순간 또다시 내게로 흘러 내렸지만, 그것을 결코 붙잡을 수는 없었습니다.

모호한 추측으로 인해 정신이 피로해지는 유희만큼 젊은 청년을 뒤흔들고 자극하는 것도 없을 것입니다. 평소 의미 없이 떠돌던 공상이 느닷없이 뚜렷한 목표를 지니게 되면, 그것을 추적하려는 새로운 사냥의 욕구로 달아 오르는 법이니까요. 그때까지 둔감했던 젊은이였던 내게 그 무렵 아주 완전하고 새로운 감각이 자라났습니다. 모든 소리를 남몰래 포착해 내는 예민한 고막, 불신과 날카로움으로 빛나는 사냥꾼의 엿보는 눈빛, 사방을 샅샅이 뒤지고 어둠 속을 파헤치려는 호기심 같은 것 말입니다. 그렇지만 점점 더 예감에 자극되어 고통스러울 정도로 신경이 팽팽하게 팽창했음에도, 결국에는 희미해질 뿐 명료한 확신에 이르지는 못했습니다.

그렇지만 나는 숨죽이며 웅크리고 있던 호기심을 탓하고 싶지는 않습니다. 그것은 정말 순수한 것이었지요. 그처럼 내 안의 모든 감각을 곤두세운 흥분은 인간의 탁월한 면모 속에서 저열한 단면을 음흉하게 끌어내고자 하는 비겁한 호기심 때문은 아니었습니다. 오히려 그 호기심은 대화를 나누지 않는 두 사람에 대한 막연한 걱정과 함께 어떤 고통을 예감하며 어찌할 수 없는 불안과 주저하는 연민으로 채색되어 있었습니다. 그의 삶 속으로 가까이 다가갈수록, 선생님의 그리운 얼굴 위로 이미 선명하게 파고 들어온 그림자가 나를 더 절실하게 만들었습니다. 한 번도 무턱대고 투덜거리거나 왈칵 화를 내며 품위없는 행동을 한 적이 없는 기품 있는 그의 애수는 아련하게 내 마음을 짓눌렀습니다. 그는 활화산처럼 분출하는 언어의 광휘로 낯선 나를 처음부터 사로잡았고, 더 깊은 그의 침묵, 이마 위에 떠도는 비애의 구름이 이젠 그와 친숙해진 나를 흔들어 놓았습니다.

고귀한 남성의 우울은 늘 젊은이의 정신을 강하게 붙드는 법입니다. 자신의 심연 아래를 응시하는 미켈란젤로의 사상과 처절하게 내면을 향해 꾹 다문 베토벤의 입, 이렇듯 세계 고뇌를 가린 비극적인 가면들은 모차르트의 은빛 멜로디나 레오

나르도 다 빈치의 인물 주위에 밝게 퍼지는 빛보다 더 강력하게 청년을 감동시킵니다. 사실, 청춘은 그 자체로 아름다워서 아름다움을 꾸밀 필요가 없습니다. 하지만 청춘의 힘은 활력이 지나치게 넘쳐흘러서 비극적인 것으로 치닫기도 하고, 아직 경험해 보지 못한 피를 달콤하게 흠뻑 빨아들이기까지 합니다. 또, 그런 이유로 정신적 고뇌 속에서도 청춘은 위험을 받아들이고 형제 같은 마음으로 내민 손을 잡을 준비가 되어 있는 것입니다.

그토록 진실한 고뇌를 겪는 사람의 얼굴을 나는 여기서 처음으로 경험했습니다. 평범한 사람의 아들로 시민계급의 편안함 속에서 큰 위험을 겪지 않고 자란 나는, 걱정이란 기껏해야 일상의 우스꽝스러운 가면 속에서 질투의 누런 옷에 싸인 채 소소한 푼돈을 딸랑거리며 분개하는 것밖에는 알지 못했지요. 그러나 그의 우울한 표정에는 어떤 거룩한 요소들에서 비롯된 무엇이 있다는 것을 깨달았습니다. 그 우울은 여러가지 어두운 비밀에서 나온 것이며, 무자비한 조각칼이 일찍 피폐해진 뺨에 주름과 생채기를 만들어 놓았습니다.

내가 선생님의 방에 이미 여러차례 들어갔는데도 (늘 악령이 사는 집에 가까이 다가가는 어린아이처럼 두렵기는 했지만) 연구에 열중한 그는 가끔 내가 노크하는 소리조차 듣지 못했습니다. 그래서 갑작스럽게 자기도취에 빠져있는 그 분 앞에 부끄럽고 당황한 채로 서게 되면, 그가 마치 온 몸에 가면을 쓰고 파우스트의 의복을 입고 앉아있는 바그너처럼 보였습니다. 그의 정신은 수수께끼의 절벽과 소름끼치는 '발푸르기스의 밤'(중부 유럽과 북유럽에서 4월 30일이나 5월 1일에 행하는 봄의 축제로 괴테의 『파우스트』에도 묘사됨 - 옮긴이)을 배회하고 있었습니다. 그럴 때 그의 감각은 완전히 폐쇄되어 있어서, 다가오는 발자국 소리도, 조심스럽게 인사하는 소리도 전혀 듣지 못했습니다. 그러다가 정신이 들면 그는 당황한 기색이 역력한 채로 얼른 자리에서 일어나 서둘러 당혹스러움을 감추려 했습니다. 자신을 관찰하는 내 눈빛을 다른 곳으로 분산시키기 위해 그는 왔다갔다 하며 질문을 던졌습니다. 그렇지만 그의 이마 위에는 여전히 어두움이 길게 드리워져 있었고, 대화에 열중한 후에야 비로소 그의 내면에 몰려든 구름이 흩어지는 것을 보았습니다.

자신이 나에게 얼마나 큰 감동을 주었는지 아마 그도 여러차

레 느꼈을 것입니다. 어쩌면 내 눈빛을 보고서, 나의 떨리는 두 손을 봄으로써 알 수 있었을 것입니다. 그리고 무언가를, 예를 들면 은연중에 그의 신뢰를 갈망하는 기색이 나의 입술 위에 걸려 있음을 어렴풋하게나마 알아차렸을 것이며, 조심스러운 나의 태도에서 그의 고통을 내 곁에, 내 안에 끌어안으려는 열정이 숨겨져 있음을 간파했을 것입니다.

활발하게 진행되던 대화를 느닷없이 중단하고 감동어린 시선으로 나를 쳐다보는 것으로도 분명히 그가 그 사실을 느꼈음을 알 수 있었지요. 그럴 때면 그는 충만함으로 가득 찬, 유달리 온화한 눈빛으로 나를 휘감으며 내 손을 꼭 잡고 불안한 듯 오래도록 움켜 쥐었으니까요. 그때마다 항상 나는 기대했습니다. '그래 지금, 지금이야말로 그 분이 내게 무슨 말을 해 주겠지!'

그렇지만 선생님은 어떤 말을 해주는 대신 쌀쌀맞은 표정으로 돌변하거나 심지어 차갑게, 의도적으로 냉정하게 비꼬는 말을 내뱉곤 했습니다. 나의 마음속에 황홀한 감정을 키워주고 일깨워 준 선생님이 갑자기 나를 자신에게서 지워버리려는 것 같았습니다. 잘못 작성한 숙제에서 잘못 쓴 내용을 지워버리듯 말입니다.

내가 그의 신뢰를 갈망할수록, 내 마음이 더욱더 친밀하게 열려질수록, 그는 "자넨 모를 거네."라든가 "그런 식으로 너무 비약하지 말게나." 같은 냉혹한 말을 토해냈습니다. 이런 말들은 내 마음을 후벼 팠으며 나를 절망으로 이끌었습니다.

무의식중에 나를 뜨겁게 만들어 놓고 느닷없이 얼음을 쏟아 붓는 사람, 자신의 격정으로 스스로를 자극하더니 갑자기 반어적인 언어의 채찍을 움켜쥐는 사람, 이렇게 번갯불처럼 번쩍이고, 뜨거움에서 차가움으로 돌변하는 그 사람에게서 나는 얼마나 많은 아픔을 겪었는지 모릅니다. 실은 잔인하다는 느낌을 받았습니다. 그에게 더 가까이 다가설수록, 그는 점점 더 무정해지고 불안해하며 나를 밀어냈기 때문입니다. 어떤 방법으로도 그에게, 그의 비밀에 다가가서는 안 되었으며 다가갈 수도 없었습니다. 그것은 그 비밀, 내가 점점 더 뜨겁게 의식하던 그 비밀이 마법처럼 낯설고 스산하게 깊은 곳에 웅크리고 있었기 때문입니다.

이상하리만치 도피하는 듯한 그의 눈빛에 숨겨진 무언가가 있다는 것을 나는 어렴풋이 예감했습니다. 그의 눈빛은 불타오르는 듯 달려들다가도, 사람들이 그에게 고마워하며 따를 때에는 겁을 먹고 물러섰습니다. 나는 그것을 고통스럽게 일그러진 그의 부인의 입술에서, 선생님에 대해 칭찬하면 거의 화를 내며 쳐다보았던 그 도시 사람들의 이상할 정도로 차갑고 냉담한 태도에서, 그리고 헤아릴 수 없이 많았던 유별난 순간과 갑작스러운 혼란 등으로 어렴풋이 느낄 수 있었습니다. 그의 생활 속에 내가 있다고 생각하면서도 그의 근원과 마음에 이르는 길을 알지 못한 채 미궁에 갇힌 것처럼 제 자리를 맴돌고 있는 것이 얼마나 고통스러웠던지!

그러나 내가 보기에 정말 설명할 수 없고 가장 놀라웠던 일은 그의 이상한 돌출 행동이었습니다. 어느 날 내가 강의실에 들어갔을 때, 이틀 동안 휴강한다는 메모가 걸려 있었습니다. 학생들은 그리 놀라는 것 같지 않았지만, 바로 어제까지도 같이 있었던 나는 그가 혹시 감기라도 걸린 것은 아닌지 하는 불안함에 사로잡혀 급히 그의 집으로 달려갔습니다. 그런데 내가 다급하게 뛰어 들어가 그 놀라운 소식을 알려주었는데도 선생님의 부인은 그저 덤덤하게 웃을 뿐이었습니다.

"이런 일은 자주 있어요." 그녀는 이상하게도 냉정히 말했습니다. "당신이 아직까지 몰랐을 뿐이죠."

사실 나는 학교 친구들한테서 이에 대한 이야기를 전해들은 적이 있었습니다. 그가 가끔 한밤중에 어디론가 사라져 버리고는 전보(電報)만 보내 유감의 뜻을 전했다든가, 어느 학생이 새벽 4시에 베를린 거리에서, 또 다른 학생은 낯선 도시에 있는 식당 휴게실에서 그를 만난 적이 있었다는 이야기 말입니다. 마치 병마개 위에 달린 병뚜껑처럼 그는 느닷없이 잽싸게 튕겨나간 후 다시 돌아오곤 했습니다. 물론 그가 어디에 있었는지는 아무도 몰랐지요.

그의 이러한 갑작스러운 돌발행동은 질병처럼 나를 흥분시켰습니다. 그가 사라진 이틀 동안 나는 완전히 넋을 잃고 불안하게 이리저리 헤매었습니다. 그가 내 눈앞에 있지 않고서는 학문도 공부도 전부 무의미하고 허무하게 느껴졌으며, 나는 질투 섞인 여러 추측에 잠겨 몸이 바짝바짝 여윌 지경이었습니다. 혹한 속에 거지를 내몰듯, 선생님이 나를, 그를 열성적으로 추종했던 나를, 자신의 실제 삶으로부터 밖으로 내쳐 버린 그 폐쇄성에 대해 증오와 분노의 감정이 끓어 올랐습니다.

그의 호의는 교수로서의 의무보다 수백 배나 많은 신뢰를 보여준 것이었기에, 제자인 나의 입장에서는 변명이나 통보를 요구할 하등의 권리가 없다고 스스로에게 덧없는 설득만 할 뿐이었지요. 이성은 이글거리는 열정을 통제할 아무런 힘이 없었던 겁니다. 어설픈 어린 학생이었던 나는 선생님이 돌아오셨는지 물어보려고 하루에 열 번이나 찾아갔지만, 아직 오지 않았다는, 점점 무뚝뚝하게 대꾸하는 부인의 말투 때문에 마침내 화가 치밀어 오르기도 했습니다. 밤늦은 시각까지 깨어 있다가 그가 집으로 돌아오는 소리가 나는지 귀를 기울였으며, 아침이 되면 더 이상 물어볼 수도 없어서 불안하게 문쪽을 살짝 엿보기도 했습니다.

마침내 삼일 째 되던 날, 드디어 전혀 예상치 못한 순간에 그가 내 방으로 들어왔을 때 나는 숨이 멎는 것만 같았습니다. 내가 너무 과도하게 놀라움을 나타냈다는 것을, 난처해하며 의아해 하는 그의 반응을 보고서야 눈치챌 수 있었습니다. 그는 내게 중요하지 않은 질문들을 마구 쏟아 내면서 나와 눈을 마주치려 하지 않았습니다. 우리의 대화는 어긋나게 진행되었고, 한 마디 말이 또 다른 말에 막히곤 했습니다. 두 사람 모두 그가 사라졌던 것과 관련해서는 일부러 언급을 피했기 때문에, 다른 대화로 이끄는 길은 봉쇄되어 버렸습니다. 그가 내 방을 떠나자 이글거리는 호기심이 불꽃처럼 타올랐으며, 그 것은 편안한 수면과 깨어있는 정신을 갉아먹기 시작했습니다.

비밀을 캐내고 더 깊이 알기 위한 나의 투쟁은 몇 주동안 계속 되었습니다. 바위 같은 침묵 속에 화산처럼 느껴지는 뜨거운 핵심을 좇아, 나는 집요하게 비틀거리며 뚫고 들어갔습니다. 마침내 어떤 행운의 시간에 나는 처음으로 그의 내면세계 속으로 잠입할 수 있었습니다.

나는 다시금 그의 방에 동틀 무렵까지 앉아 있었습니다. 그 때 선생님이 굳게 잠긴 서랍에서 셰익스피어의 소네트를 꺼내 직접 번역하여 낭독했습니다. 얼핏 보면 도저히 이해할 수 없는, 흡사 청동으로 주조한 세밀한 암호문 같은 그 작품을 그는 마법을 부려 해석해 주는 것이었습니다. 행복한 기분에 잠겨, 그가 쏟아 부으며 선사한 모든 것이 덧없이 흘러가는 말 속에서 사라지는 것은 너무도 아쉽다는 생각을 했습니다. 그 때, - 그런 용기가 어디서 나왔는지 - 불쑥 선생님의 역작 『세계 연극』을 완성하지 않는 이유가 무엇인지 그에게 물었습니다. 질문을 던지자마자 본의 아니게 그의 비밀스럽고 고통스런 상처를 헤집어 놓았다는 생각이 들어 나 자신도 놀랐습니다. 그는 자리에서 일어나 몸을 돌렸고 한참동안 아무 말도 하지 않았습니다. 갑자기 방 안이 새벽 여명과 침묵으로 가득해졌습니다. 마침내 그가 내게 다가오며 심각하게 나를 쳐다보았습니다. 그의 입술은 살짝 열리기 전, 몇 번이고 가늘게 떨렸습니다. 그리고 곧 고통스러운 고백이 흘러 나왔습니다.

"나는 그 역작을 집필할 수 없다네. 다 지난 일이야. 그저 젊은 시절 무모하게 계획한 것이지. 지금 나는 더 이상 끈기가 없다네. 나는 말일세, 왜 숨겼냐고? 그저 짧은 순간을 그럭저럭 버텨가는 인간이 되었기 때문이야. 더 이상 지탱할 수 없다는 말이네. 전에는 힘이 있었지만 이제는 다 없어져 버렸지. 이제는 그냥 말만 할 수 있을 뿐이야. 말하고 있는 동안에는 여러 차례 내 자신을 끌고 갈 수 있고, 내 능력의 한계를 넘어 무언가가 나를 휩쓸고 가도록 할 수는 있지. 하지만 항상 혼자서, 항상 고독하게, 가만히 홀로 앉아 연구하고 있으면 더 이상 아무것도 할 수가 없네."

체념에 빠진 그의 표정이 내 마음을 흔들어 놓았습니다. 마음 깊은 곳에서 우러난 확신으로 나는 그를 설득했습니다. 선생님께서 매일 하던 대로 우리 학생들에게 그냥 뿌려주시는 내용을 이제는 손에 꽉 쥐고, 항상 그랬듯이 그저 베풀기만 하지 마시고 선생님의 고유한 정신적 자산을 제대로 된 내용으로 보존할 수 있으면 좋겠다고 말입니다.

"나는 글을 쓸 수 없다네." 그는 지친 기색으로 같은 말을 되풀이 했습니다. "이젠 충분히 집중할 수가 없어."

"그러면 받아쓰게 하세요!"

나는 그 생각에 사로잡혀 거의 간청하듯 매달렸습니다.

"제가 받아쓸게요! 한 번 시도해 보세요. 아니면 그냥 시작만 해보세요. 그러면 선생님께서는 되돌릴 수 없으실 거예요. 받아쓰게 해 주세요. 부탁이에요. 저를 위해서 말입니다!"

처음에는 놀라고 그 다음에는 생각에 잠긴 표정으로 그가 나를 쳐다 보았습니다. 어떤 생각에 깊이 빠진 듯 했습니다.

"자네를 위해서라고?" 그가 다시 물었습니다. "나 같이 나이든 사람이 어떤 일을 해서 타인에게 기쁨을 줄 수 있다고? 정말 그렇게 생각하나?"

머뭇거리고 있지만 그가 내 제안에 동의하기 시작했다는 것을 알 수 있었습니다. 그의 마음속에는 여전히 뿌연 구름이 걸려 있었지만, 눈빛은 벌써 따사로운 희망으로 인해 서서히 밝아지고 있었습니다.

"자네, 정말 그렇게 생각하나?"

다시 그가 물었습니다. 이미 그의 의지 속에는 마음의 준비가 되어 있음을 직감할 수 있었습니다. 그 다음에 그는 이런 말로 마무리를 했지요.

"그러면, 우리 같이 해 보세. 젊은이들이 항상 옳은 법이지. 젊은이의 말을 듣는 게 현명한거야!"

폭발할 것 같은 나의 기쁨, 나의 환호성이 그에게 생기를 불어넣은 것 같았습니다. 그는 조급하게 이리저리 움직이며 젊은이처럼 들떠 있었습니다. 그렇게 우리는 의기투합했지요. 즉 매일 저녁 7시, 저녁식사를 마친 직후 우리는 하루에 한 시간씩 작업을 시작하기로 했습니다. 바로 그 다음날 저녁부터 우리는 받아쓰는 작업을 시작했습니다.

그 시간. 그 시간을 내가 어떻게 설명하면 좋겠습니까! 나는 온종일 그 시간을 기다렸습니다. 오후가 되면 온 신경을 녹여 버릴 것 같은 숨막히는 불안감이 초조한 나의 감각을 전류처럼 감전시켜 왔습니다. 저녁이 될 때까지 채 한 시간도 참을 수 없을 것만 같았습니다. 식사를 마치자마자 우리는 그의 서재로 갔고, 나는 그의 책상 옆에 앉았습니다. 선생님은 내 등 뒤에서 불안한 걸음으로 방 안을 이리저리 오갔습니다.

잠시 후 흡사 그의 정신 속에 리듬을 집중 시킨 듯, 장엄한 언어의 서곡이 울려 퍼졌습니다. 특별한 그 분은 모든 것을 감정의 음악으로 표현해 낼 줄 아는 사람이었습니다. 머리에 떠오른 것을 발동시키기 위해 그는 늘 도약의 움직임을 필요로 했습니다. 대개는 어떤 형상, 비범한 은유, 입체적인 상황들을 부지불식간에 빠른 리듬으로 흥분시켜 극적인 장면으로 확장시켰습니다. 모든 창조적인 정신의 위대한 자연성이 그의 번뜩이는 즉흥적 창작의 빛으로부터 번개처럼 번쩍였습니다.

지금도 그 때의 문장을 기억합니다. 어떤 문장은 운율에 맞춘 한 편의 시 같았고 또 다른 문장은 호메로스의 배들의 카탈로그와 월트 휘트먼(Walt Whitman)의 야성적인 찬가처럼 기가 막힐 만큼 훌륭하게 응축되어 폭포수처럼 흘러 나왔습니다. 이제 막 성숙해 가는 나에게 난생 처음으로 생산의 비밀을 밝혀 주는 이가 나타난 것입니다.

아무 색채도 없이 그저 순수하게 흘러내릴 뿐인 뜨거운 열(熱)과 같은 사상이, 충동적인 격정의 주조에서 쇳물과 같이 흘러나와 서서히 그 형태를 갖추고 그 형태가 둥근 형상으로 변하면서 마침내 명료하게 하나의 언어로 완결되는 모습을 보았습니다. 종의 추가 처음 울려 퍼지듯, 창작의 충만한 감각이 인간의 언어로 표현되는 것을 나는 처음으로 목격한 것입니다. 모든 단락이 운율로 이루어졌고, 모든 표현이 그림의 한 장면으로 이루어진 것 같았습니다.

그것은 완전한 비언어적인 송가였습니다. 장엄하게 설계되었으나 현세에서 무한함을 볼 수도 있고, 느낄 수도 있는 바다에 대한 송가(頌歌) 말입니다! 먼 곳에서 먼 곳으로 파도가 출렁이는 바다. 높은 곳을 향하다가 깊은 곳으로 숨어드는 바다. 그 사이에는 뜻이 없는 동시에 뜻이 충만하며, 흔들리는 인간의 나룻배를 희롱하곤 하는 바다. 그 바다와 같이 장엄한 형상의 비교를 통해 우리를 피흘리게 하고 해체시키는 원초적인 힘이 비극의 서술을 완성시켰습니다.

"창작 예술의 물결은 각각의 육지로 밀려 들었습니다. 이 땅의 온 구석, 지구의 모든 평면과 지층을 위험하게 둘러싸고 있는 불안정한 자연의 힘에 의해 영원히 파도치는 섬나라 잉글랜드가 떠올랐습니다. 그 곳, 바다에서 국가가 형성된 잉글랜드는 차갑고 투명한 물의 기운이 사람들의 잿빛과 푸른색 눈동자속까지 스며들어 있습니다. 한 사람 한 사람이 바닷사람인 동시에 섬이지요.

폭풍과 위험으로 인해 잉글랜드 사람들에게는 격정적인 열정이 살아 숨쉬고 있었으며, 바이킹의 항해는 수백 년 동안 끊임없이 그들의 힘을 단련해 왔던 것입니다. 파도가 출렁였던 그 나라에 이제는 몽롱하게 평화의 기운이 피어나고 있지만, 폭풍에 익숙한 잉글랜드 사람들은 더 머나먼 바다를, 매일 매일의 위험이 도사리고 있는 가혹한 파멸을 갈구 하였습니다. 이들은 다시 한 번 피비린내 나는 연극 속에서 자극적인 긴장을 만들어 내려 했던 것입니다.

맨 먼저 이들은 사냥과 결투를 위해 목재 무대를 만들었습니다. 곰들이 피를 흘리고 닭이 싸우는 모습은 야수와 같은 잔혹한 쾌락을 끓어오르게 했지요. 그러나 세차게 자극된 마음은 곧 인간적이고 영웅적인 충돌을 원하게 되었습니다. 바로 그 때 경건한 무대, 교회의 신비극에서 또 하나의 장엄하게 파도치는 인간의 연극이 태동하였던 것입니다. 그 연극은 인간 내면 깊숙한 바다에서 벌어지는 온갖 모험과 항해로부터의 귀환이었습니다. 새로운 무한성과 정열의 밀물, 정신의 파고(波高)가 넘실대는 또 다른 대양, 그 속에서 노를 저으며, 숨 쉴 틈 없이 뒹구는 것을 지금도 여전히 힘이 넘치는 이 앵글로색슨 민족은 새로운 기쁨으로 받아 들였습니다. 잉글랜드 민족의 연극, 엘리자베스의 연극은 그렇게 탄생한 것입니다!"

선생님이 야성적이고 원시적인 서술을 열광적으로 묘사할 때는, 창작자의 단어가 웅대한 울림으로 날아올랐습니다. 처음에는 속삭이듯 빠르게 읊조리던 그의 음성은 근육과 성대를 울려 카랑카랑해졌고, 금속의 빛을 발하며 한층 더 자유로이 높게 비상하는 비행기가 되었습니다. 선생님의 목소리에 비해 서재는 너무 협소해서 더 큰 공간이 필요했습니다. 마치 서재를 둘러싸고 있는 네 벽이 그의 음성에 대답하라는 강요를 받고 있는 것만 같았지요. 나는 머리 위로 휘몰아치는 폭풍을 느끼며 출렁이는 바다처럼 진동하는 입술이 힘차게 내뿜는 말을 들었습니다.

책상 앞에 쪼그리고 앉아 있던 나는 마치 고향의 모래 언덕에

서서 수많은 파도와 흩날리는 황홀한 바람을 다시 호흡하고 있는 기분이 들었습니다. 한 인간의 태어남과 마찬가지로 한 언어가 탄생하는 고통의 떨림에 놀라고 겁먹었지만, 그와 동시에 행복한 기분속으로 깊이 잠겨드는 것을 느꼈습니다.

강한 영감을 학술적인 의도에 따라 시로 승화시킨 선생님의 구술이 끝나고, 내 필기 작업도 마무리된 후에야 나는 비틀거리며 자리에서 일어났습니다. 불같은 피로감이 무겁고 강력하게 나를 덮쳐 왔습니다. 그것은 기진맥진한 상태의 선생님의 쇠진과는 전혀 다른 것이었습니다. 완전히 압도된 나는 여전히 밀려드는 충만감에 떨림의 여운을 느끼고 있었지만, 선생님은 모든 것이 소모되고 방전된 상태였습니다. 다시 휴식을 취하고 잠을 청하려면 우리 두 사람 모두 언제나 잔잔한 대화가 필요했습니다.

대개 나는 받아 쓴 내용을 되풀이하여 읽어 보았고, 필기 속기호를 말로 바꾸면 이상하게도 입술에서 나온 언어가 내 존재를 바꿔치기 한 것처럼, 내 목소리에서 다른 사람의 음성이 말하고 호흡하며 복받쳐 오르는 것이었습니다. 나중에야 나는 깨달았습니다. 반복해서 낭독하면서, 나는 선생님의 억양과 똑같이, 즉 나 자신이 아니라, 선생님이 내 입을 빌려 말하듯 그대로 따라 했다는 사실을. 그렇게 나는 그의 존재의 울림, 그의 언어의 반향(反響)이 된 것입니다.

이 모든 일들은 벌써 40년 전 있었던 일입니다만, 지금도 강의에 몰입하다보면 어느 순간 내가 말하고 있는 것이 아니라 내 입술을 빌린 다른 이가 말하고 있는 것 같은 기분에 사로잡히곤 합니다. 나는 나의 입술에 유일하게 숨결을 불어준 그의 음성, 존경하는 고인의 음성을 아직까지도 뚜렷하게 기억하고 있습니다. 열정의 날개를 타고 날아오를 때면 항상 나는 그 사람이 되어 버리는 것이었습니다. 그 때의 그 시간이 지금의 나를 결정지어 버렸던 것입니다.

해야 할 일은 숲의 그림자처럼 무성하게 자라나서, 외부세상의 풍경을 서서히 그림자로 덮어버렸습니다. 나는 그 집의 어두움 속에서 내면에만 파묻혀 살았습니다. 천천히 퍼지는 그의 저작의 살랑거림과, 점점 더 채워지며 가득차는 나뭇가지 속에서, 그리고 사방에 온기를 전하는 따뜻한 그 분이 함께하는 삶 속에서...

최소한만 수강했던 학교 강의 시간 이외에 나는 하루종일 오로지 그와 함께 있었습니다. 그 집 식탁에서 함께 식사했고, 그 집으로부터 전해지는 전갈은 밤낮으로 쉴 새 없이 내 방 계단으로 오르내렸습니다. 귀가 반쯤 들리지 않는 주인 할머니에게 큰 소리를 치지 않고도 그가 언제든 나를 찾을 수 있도록, 그 집 열쇠를 내가, 내 방 열쇠를 그가 지니고 있었습니다. 이 새로운 관계에 더 깊숙이 매여 있으면 있을수록, 나는 외부 세계와 더더욱 완벽하게 차단되었습니다. 내면 영역의 따사로움으로 인해 외면세계를 완전히 봉쇄한 차가운 고독의 선이 그어진 것입니다.

학교 동기들은 나에 대한 냉소와 경멸을 노골적으로 드러냈습니다. 그것이 비밀재판이건, 선생님의 총애를 독차지한 것에 대한 질투심이건 간에 어쨌든 그들은 나와의 교제를 끊고 나를 고립시켰습니다. 세미나 토론에서는 약속이라도 한 것처럼 나한테 말을 걸지도, 인사하지도 않았습니다. 심지어 교수들조차 적대적인 태도로 나에 대한 혐오의 감정을 숨기지 않았습니다. 언젠가 낭만주의 문학을 강의하는 강사 선생님에게 사소한 질문을 했을 때, 그는 비꼬는 말투로 냉담하게 대답했습니다.

"자네는 그 교수님과 친한 사람이니, 그 정도야 당연히 알고 있겠지."

까닭 없는 부당한 대응에 일일이 설명하려 하는 것은 헛된 일이었습니다. 그들의 말과 표정은 어떤 해명도 받아들이려 하지 않았습니다. 두 사람이 함께 고독의 생활을 시작한 이후로 나 자신 또한 완전히 고독해지고 말았던 것입니다.

하지만 이러한 사교적 단절을 나는 더 이상 신경 쓰고 싶지 않았습니다. 나는 오로지 정신적인 문제에만 몰두해 있었으니까요. 그러나 항상 긴장한 상태에 있으면 점점 더 평정을 유지할 수 없고, 몇 주일 내내 쉬지 않고 정신적으로 무리하면 버틸 재간이 없는 법입니다. 게다가 나는 너무나 급작스럽게 습관을 바꾸어 한 극단에서 다른 극단으로 거칠게 옮겨갔기 때문에 자연이 배후에서 베풀어주는 균형이 위태로워지고 말았습니다. 베를린에서는 느긋한 방황이 나의 근육을 기분 좋게 풀어주었고 여자들과 함께한 모험이 불안함을 장난처럼 느슨하게 해주었던 데 비해, 여기서는 후덥지근하게 내리누르는 공기가 자극받은 감각을 끊임없이 압박해서, 그것은 감전된 듯 경련을 일으키며 내 온 몸을 헤집고 돌아다녔습니다.

나는 푹 잠을 자는 것조차 잊었습니다. 저녁에 받아 쓴 내용을 기쁨에 겨워 항상 이른 아침까지 정리했기 때문이지요. (그것은 필기 내용을 될 수 있는 한 빨리 사랑하는 선생님께 갖다 드리고 싶은 헛된 조바심에 흥분한 탓이기도 했습니다.) 내가 다니는 대학과 급하게 몰두했던 독서가 나로 하여금 한층 더 열성적인 마음다짐을 요구하였습니다. 선생님과의 대화 방식도 나에게 적지 않은 자극을 주었습니다. 그 분 앞에서 절대로 멍하니 있는 듯한 모습을 보이지 않으려 하다보니, 모든 신경이 극도로 팽창되었기 때문입니다.

혹사를 통해 상처받은 육체는 보복을 망설이지 않는 법입니다. 나는 나도 모르게 정신을 잃기도 했습니다. 그것은 내가 미친 듯이 넘어서려고 했던 자연법칙에 대한 몸의 경고 신호였습니다. 최면에 빠진 것 같은 피로는 점차 심해졌고, 감정의 표현은 더 맹렬해졌습니다. 예민해진 신경이 내면을 날카롭게 짓이기고 잠을 갈기갈기 찢어놓았으며 지금까지 억눌러 왔던 혼란스러운 생각들을 마구 자극했습니다.

내 상태의 심각한 위험을 처음으로 눈치 챈 사람은 선생님의 부인이었습니다. 이미 여러 차례 그녀가 불안한 표정으로 나를 살피는 것을 느끼고 있었습니다. 이제 그녀는 대화중에도 의도적으로 한층 더 자주 경고의 말을 건넸습니다. 예를 들면 한 학기 동안 세상에 관한 모든 지식을 얻으려 하지 말라고 말입니다. 그녀는 마침내 단호하게 말했습니다.

"이제 그만해요."

내가 문법책에 파묻혀 있던 어느 화창한 일요일, 그녀가 나에게 다가 오더니 책을 확 낚아채 버렸습니다.

"젊고 활력 넘치는 젊은이가 어쩌면 그렇게 명예의 노예가 될수 있어요? 절대 내 남편을 모범으로 삼으면 안 돼요. 그 사람은 나이 들었고, 당신은 젊어요. 당신은 좀 다른 삶을 살아야 해요."

그녀는 자신의 남편에 대해 말할 때면 항상 경멸하는 투로 날카롭게 쏘아 붙였는데 선생님에게 푹 빠져 있던 나로서는 남편을 그토록 경멸하는 그녀의 말투에 화가 났습니다. 일종의 비뚤어진 질투심으로 그녀는 항상 나를 선생님으로부터 의도적으로 떼어놓으려 하였으며, 비꼬는 태도로 내가 지나치게 몰두하는 것을 가로막았습니다. 받아쓰기 작업 때문에 우리가 늦게까지 오랫동안 앉아 있으면, 그녀는 선생님이 화를 내며 제지하였음에도 그 작업을 억지로 중단시키곤 했습니다.

"그이는 당신의 신경을 못 쓰게 만들 거예요. 당신을 완전히 파멸시킬 거라고요."

한 번은 내가 축 처져서 앉아 있는 모습을 발견한 그녀가 화를 내며 이렇게 말했습니다.

"지난 몇 주일 동안 그 양반이 당신에게 대체 무슨 일을 시킨 것인지! 당신이 당신 자신을 학대하는 모습을 더 이상 도저히 보고만 있을 수는 없어요. 게다가..."

부인은 하던 말을 중단하고, 말을 잇지 못했습니다. 하지만 그 입술은 화를 억누르며 창백하게 떨렸습니다.

실제로 선생님은 나를 힘들게 하는 분이었습니다. 내가 정열적으로 그에게 봉사하면 할수록, 그는 나의 존경을 점점 더 하찮은 것으로 여기게 된 것 같았습니다. 내게 고마워한 적도 거의 없었습니다. 밤늦게까지 고생해서 마무리한 작업을 아침에 가지고 가면, 그는 무뚝뚝한 태도로 이렇게 말했습니다.

"내일까지 했어도 충분했을텐데..."

공명심에서 비롯된 열의에 사로잡힌 내가 지나친 호의를 나타내면, 그는 대화중에도 금세 입술을 오므리고 비꼬는 말로 나를 쫓아버리기도 했습니다. 물론 내가 어쩔 줄 몰라 당황한 표정으로 움찔하는 모습을 보이면, 다시 한 번 따뜻하게 감싸는 그 눈빛이 절망에 빠진 내 마음에 스며 들기는 했습니다. 하지만 그건 정말 드문 일이었습니다. 따스했다가도 차가워지고, 타오르듯 가까워졌다가도 짜증을 내며 밀쳐내는 그의 성격은 조절하기 어려운 나의 감정을 완전히 혼란스럽게 만들었습니다.

내가 정말 보고 싶었던 것, 분명히 표현할 수는 없었지만 내가 정말 알고 싶었던 것, 내가 원했고 필요로 했고 얻고 싶었던 것, 그것은 그가 공감하고 있다는 표현을 해주는 것이었습니다. 나의 열성적 헌신은 그것을 간절히 희구했습니다.

순수한 존경의 마음을 담은 남자의 열정이 한 여인에게 향하게 되면, 그 열정은 무의식중에 육체적인 결합을 충족시키는 방향으로 이끌리게 됩니다. 자연은 서로의 육체를 소유함으로써 최고의 결합을 이루도록 정열을 아로새겨 놓았으니까요. 그렇지만 남자가 남자에게 바치는 정신의 열정, 충족되지 않은 그 정열은 어찌해야 완전함에 도달할 수 있었겠습니까? 그 정열은 존경하는 인물 주위를 쉼 없이 맴돌면서 항상 새로운 황홀함을 향해 타오르지만, 자신을 바치는 최후의 순간에도 결코 가라앉지 않습니다. 정신이 항상 그러하듯 열정은 계속해서 흐르지만 영원히 충족되지 못하고 완전히 흘러가지도 못하고 맙니다.

그래서 선생님과 가까이 있으면서도 끝내 충분히 가까워지지 못했고, 그의 존재가 완전히 드러나지도 않았으며, 그렇게 오랜 시간 대화를 나누었음에도 충만함이 부족했던 것입니다. 그가 마음을 보여주며 낯설었던 모든 것을 다 던져버렸을 때조차, 바로 다음 순간 매정한 태도를 취하면서 우리 두 사람 사이의 견고한 결속을 깨어버릴 수도 있다는 것을 나는 잘 알고 있었습니다.

그 예측 불허의 변덕스러움은 나의 감정을 항상 혼란에 빠뜨렸습니다. 그의 관심을 끌기위해 열심히 준비해 만든 책을 선생님은 성의 없이 대충 뒤적거리면서 한쪽으로 밀어 놓기도 했습니다. 어느날은 늦은 시간까지 깊은 대화로 교감하며 그의 사상에 깊이 몰입되어가던 바로 그 순간 - 다정하게 손을 나의 어깨 위에 얹고 몸을 기댄 후 - 느닷없이 자리에서 벌떡 일어나 쌀쌀맞게 이렇게 말하는 것이었습니다.

"자 이제 그만 가게나! 밤이 늦었어. 잘 자게."

그럴 때면 나는 극도로 예민해져서 종종 정신 나간 행동을 할 뻔 했습니다. 이런 사소한 일들이 몇 시간, 며칠 동안 이미 내 마음을 충분히 심란하게 만들었지요. 어쩌면 끊임없이 자극을 원했던 것인지, 과민해진 나의 감정은 그가 의도적으로 그런 경우가 아닐때에도 모욕을 느끼게 되었습니다. 나중에 곰곰이 성찰하면서 스스로를 위로해 보았자 내게 무슨 도움이 되었겠습니까? 이런 일들이 매일 똑같이 되풀이 되었습니다. 그가 가까이 있으면 뜨거운 아픔을 느꼈고, 그가 소원하게 나를 대하면 차갑게 얼어붙었습니다. 선생님의 소극적 태도에 항상 실망하면서 어떠한 증표에도 안정을 찾지 못했고, 이런저런 우연한 일로 인해 마음의 갈피를 잡지 못했습니다.

이상한 일이지만, 선생님에게 모욕을 당했다고 예민하게 느낄 때 마다, 나는 그의 부인에게로 숨어들었습니다. 어쩌면 같은 아픔을 겪고 있는 사람을 찾으려는 무의식적인 충동이거나, 누구에게라도 이야기를 해서 도움까지는 아니더라도 이해를 구하고 싶은 단순한 욕망 같기도 했습니다. 은밀한 모임에 발을 들이듯 나는 그녀에게로 도피했습니다. 대개 그녀는 예민한 나의 감성을 웃어넘겼으며 고통을 주는 그런 유별난 성격에 익숙해져야 한다고 어깨를 으쓱하며 다소 냉정하게 일러주곤 했습니다.

그러나 내가 순식간에 불평과 뜻 모를 눈물, 경직된 말들이 한데 뒤섞인 갑작스러운 절망을 그녀 앞에서 쏟아낼 때면, 그녀는 유독 심각하게, 놀라움에 가득한 눈빛으로 나를 바라보았습니다. 그녀는 아무 말도 하지 않았지만 드러나지 않은 폭풍 같은 기운이 입술 주위에 억눌려 있었습니다. 그녀가 분노로 가득한 감정, 억제하기 힘든 응어리를 말하지 않으려고 애쓰고 있다는 것을 느꼈습니다. 의심의 여지없이 그녀 역시 내게 무엇인가 털어놓고 싶었던 것이 틀림없었지만 남편과 마찬가지로 그 비밀의 문을 굳게 닫아 버렸습니다. 나의 말이 그에게 가깝게 다가서면 선생님이 쌀쌀맞게 방어하며 밀어냈던 것처럼, 그의 부인도 농담이나 즉흥적인 장난으로 다른 이야기로 건너뛰곤 했습니다.

그녀에게서 이야기를 들을 뻔한 기회가 딱 한 번 있었습니다.

어느 날 받아 쓴 내용을 전달하기 위해 선생님의 서재로 갔을 때, 그 표현(그것은 말로의 비유였습니다)을 보고 나도 모르게 너무 감격해서, 내가 얼마나 큰 감동을 받았는지 선생님에게 말하지 않을 수 없었습니다. 기쁨에 들떠 경탄하면서 어느 작가도 말로처럼 거장다운 성격 묘사를 쓸 수는 없을 것이라는 말도 덧붙였습니다. 그러자 선생님은 차갑게 몸을 돌리면서 입술을 꽉 깨물고 내가 필기한 종이를 던져버리며 업신여기는 말투로 이렇게 중얼거렸습니다.

"그런 바보 같은 소리하지 말게! 자네가 거장다운 내용인지 아닌지 뭘 안다고 그러는가?"

참을 수 없는 부끄러움 때문에 급하게 가면을 끄집어 낸 차가운 그 말이 그 날 하루의 기분을 완전히 망쳐버렸습니다. 오후에 선생님 부인과 단 둘이 한 시간 동안 함께 있게 되었을 때, 나는 그녀의 손을 잡고서 느닷없이 히스테리적인 감정을 터트리고 말았습니다.

"선생님이 왜 그렇게 저를 미워하시는지 그 이유를 좀 말해 주세요! 어째서 저를 그렇게 무시하시는 거지요? 제가 선생님께 무슨 짓이라도 했다는 건가요? 어째서 제가 하는 말마다 전부 그토록 민감하게 받아들이시는 거지요? 제가 어떻게 해야 할지 좀 도와주세요! 선생님이 대체 무엇 때문에 저를 싫어하시는지, 제발 좀 알려주세요."

갑자기 내가 거친 감정을 토해내자 그녀는 눈을 반짝이며 나를 뚫어지게 쳐다보았습니다.

"당신을 싫어한다고요?"

그리고 그녀의 하얀 이빨 사이에서 웃음이 새어 나왔는데, 그 웃음이 하도 독살 맞고 날카로워 나는 저도 모르게 움찔 물러나고 말았습니다.

"당신을 싫어한다고요?"

그녀는 다시 똑같은 말을 반복하더니 분노에 찬 표정으로 당황해하는 내 두 눈을 노려보았습니다. 하지만 곧장 내 쪽으로 다가와 몸을 구부리며 - 그녀의 눈빛이 서서히 부드러워졌으며 거의 동정하는 것 같은 표정으로 바뀌었습니다 - 갑자기 나의 머리를 처음으로 어루만졌습니다.

"당신, 정말 어린아이군요. 아무 것도 눈치 채지 못하고, 보지도 못하고, 알지도 못하는 바보 같은 어린아이네요. 하지만 그게 더 낫겠네요. 그렇지 않으면 당신이 더 불안해 할 테니까."

그리고는 갑자기 단번에 몸을 돌려 버렸습니다. 나는 마음을 진정시켜보려 했지만 허사였지요. 나올 수 없는 불안한 악몽의 검은 자루에 꽁꽁 묶인 것처럼, 나는 규명하기 위해, 비밀로 가득 찬 감정의 혼란에서 깨어나기 위해 발버둥쳤습니다.

넉 달이 그렇게 흘러갔습니다. 전혀 예감하지 못한 자기 고양(高揚)과 변신의 시기였습니다. 그리고 덜컥 학기말이 다가왔고, 곧 다가올 방학을 두려운 마음으로 맞이했습니다. 왜냐하면 나는 정죄(淨罪)의 불꽃(연옥에서 속세의 죄를 정화하는 불-옮긴이)을 사랑했으며, 무미건조하고 정신적인 요소가 결핍된 나의 고향 분위기가 추방과 약탈처럼 생각되었기 때문입니다. 나는 중요한 연구를 위해 여기에 있어야 한다고 부모님을 속이려는 비밀계획을 치밀하게 세워놓았습니다. 나를 점령한 이상태를 연장시키려고 거짓과 구실을 교묘하게 섞어 놓았던 것입니다. 나는 이미 오래 전에 다른 방면의 시간들을 다 계산해두었습니다. 마치 정오의 종소리가 놋쇠 속에 잠겨있다가, 갑자기 엄숙하게 울리기 시작해 우물쭈물 서성이는 사람들에게 일의 시작과 끝을 알리는것처럼, 그 시간들은 눈에 보이지는 않았지만 내 머리 위에 걸려 있었습니다.

운명의 그 밤은 얼마나 찬란하며, 또 얼마나 아름다웠는지! 나는 선생님 부부와 함께 식탁에 앉았습니다. 창문은 열려 있었고, 어둠이 드리워진 창틀에는 흰 구름이 떠도는 황혼의 하늘이 느리게 다가오고 있었습니다. 장엄한 구름은 빛 때문에 더욱 부드럽고 뚜렷해 보였고, 마음 깊이 그것을 느끼지 않을 수 없었습니다. 선생님 부인과 나, 우리 두 사람은 예전보다 더 꾸밈없고 더 온화하게 대화를 나누었습니다.

선생님은 우리의 대화에 침묵으로 일관했습니다. 그의 침묵은 날개를 잔뜩 웅크린 채 우리의 대화 위에 서 있었습니다. 나는 선생님 있는 쪽을 몰래 훔쳐보았습니다. 이상하게도 밝은 기색이 그의 얼굴에서 엿보였지요. 그것은 일종의 불안과도 같은 것이지만, 변치않는 여름날의 구름 같았습니다. 그는 여러 차례 포도주 잔을 들고 불빛에 비춰보고는, 그 색깔에 흡족한 표정을 지었습니다. 나의 눈빛이 그의 제스처에 친근하게 호응하자, 그는 가볍게 미소를 지으며 건배 인사를 건넸습니다. 그토록 맑은 그의 얼굴, 그토록 원만하고 편안한 그의 움직임을 나는 거의 본 적이 없었습니다. 거리에서 들려오는 음악을 듣고 보이지 않는 대화에 귀 기울이는 사람처럼 그는 축제에 와 있는 듯 즐거운 기분으로 식탁에 앉아 있었지요. 전에는 항상 미세한 물결이 맴돌았던 그의 입술은 껍질이 벗겨진 과일처럼 조용하고 부드러운 모습이었으며, 선생님이 부드럽게 창문 쪽으로 방향을 돌리자 거울에 비치듯 반짝이는 부드러운 빛을 받은 그의 이마가 전에 없이 아름답게 보였습니다.

그가 그렇게 만족해하는 것은 정말이지 놀라운 일이었습니다. 청명함이 반사되는 여름밤과도 같이, 조화로운 공기의 부드러움에서 뭔가 따스한 기운이 그의 몸속으로 스며들었거나 마음속에서부터 어떤 위안이 흘러나와 빛을 발한 것이었는지는 도무지 알 길이 없었습니다. 그렇지만 펼쳐놓은 책을 읽듯 친숙한 그의 얼굴에서, 오늘만큼은 자비로우신 신이 그의 마음 속 균열과 잔주름을 활짝 펴주셨다는 사실을 어렴풋이 느꼈습니다.

이상하게도 그날따라 격식을 갖추며 일어선 그가, 보통 때처럼 고갯짓으로 나를 서재로 이끌었습니다. 항상 그는 늘 급하게 서둘렀지만 그날만큼은 진중한 걸음걸이였습니다. 그리고는 다시 한 번 주위를 둘러보고 - 이 역시 전에는 찾아볼 수

없는 모습이었지요. - 개봉하지 않은 새 와인을 찬장에서 꺼내
조심스럽게 들고 왔습니다. 그의 부인도 그의 태도에서 이상
한 점을 눈치챈 것 같았습니다. 그녀는 바느질을 하다 말고 놀
란 눈빛과 호기심어린 표정으로 평소와는 다른 남편의 신중
한 행동을 관찰 하였습니다.

항상 어두웠던 그의 서재가 친숙한 어스름 빛 여명으로 우리
를 맞이했고, 등불은 우리를 기다리듯 높게 쌓인 하얀 종이
주변에 금색 원을 비추었습니다. 나는 평소처럼 내 자리에 앉
아 원고의 마지막 문장을 반복해서 읽었습니다. 선생님은 계
속 유창하게 말을 끌어내기 위해 일종의 발성 조율과 같은 리
듬이 필요했던 것입니다. 그런데 예전 같으면 지난번 원고의
마지막 문장만 읽어주면 곧장 이야기를 이어가던 그가, 이번
에는 문장을 금세 잇지 못하고 머뭇거렸습니다. 침묵이 서재
를 가득 채우며 사방의 벽에서 긴장이 흘러나와 우리를 압박
했습니다. 그는 내 등 뒤에서 초조한 듯 이리저리 왔다갔다 하
며 정신을 완전히 집중하지 못했습니다.

"다시 한 번 읽어주게!"

이상하게도 그의 목소리가 불안하게 떨렸습니다. 나는 마지막

문장을 다시 한 번 낭독했고, 그는 이번에는 곧장 내 말을 받아 전보다 더 박력 있고 빠르면서 더욱 논리정연한 필기를 시키셨습니다. 다섯 개의 문장이 한 장면으로 구성 되었습니다. 지금까지 선생님이 서술한 내용은 희곡의 문화적 배경, 시대의 프레스코, 역사의 개괄적인 설명이었습니다. 그런데 선생님은 이야기를 유랑 생활과 마차의 방랑을 마치고 드디어 정착하여 보금자리를 꾸민 극장 이야기로 전환 하였습니다.

"권리와 재산권을 문서로 보장받은 로즈 극장(Rose-Theater, 엘리자베스 시대에 지어진 잉글랜드의 대중극장 - 옮긴이)을 시초로, 어설픈 연기에 어울리는 어설픈 마룻바닥으로 만들어진 포르투나(Fortuna)의 순서를 거쳐, 목수들은 의연하게 성장한 문학의 품에 어울리는 새로운 무대의 옷을 목조로 입혀 놓았습니다. 템스 강변에 축축하고 쓸모없는 진흙땅에 울타리를 치고, 보기 싫은 육각(六角) 모양의 목재 건축물을 세운 것 입니다. 그곳이 바로 거장, 셰익스피어가 모습을 드러낸 글로브 극장(Globe-Theater, 1599년 런던에 세워진 극장으로 셰익스피어의 연극을 주로 무대에 올렸음 - 옮긴이)입니다. 광활한 바다에서 불쑥 솟구친 기이한 배처럼, 돛대의 맨 꼭대기 해적을 상징하는 빨간

깃발을 매달고 진흙 바닥에 견고하게 정박한 것입니다. 관람석 맨 아래층으로 항구에서처럼 저속한 사람들이 밀려들었고, 가장 비싼 좌석에는 상류층 사람들이 우쭐거리며 배우들을 내려다보며 웃고 있었습니다. 그들은 빨리 연극을 시작하라고 재촉했습니다. 마룻바닥을 구르며 칼 끝으로 바닥을 찍어대는 소리가 시끌벅적하게 울렸고, 마침내 사람들 손에 들린 가물거리는 촛불이 저속한 장면을 비추면서 대충 분장한 인물들이 즉흥적인 희극 연기를 위해 무대에 그 모습을 드러냈습니다."

나는 지금도 그의 다음 말을 뚜렷하게 기억합니다.

"느닷없이 언어의 폭풍이 몰아쳐 왔습니다. 그 바다, 무한한 정열의 바다는 그 마룻바닥의 내부에서부터 모든 시대와 모든 곳의 인간에게 붉은 열정의 물결을 불러 일으켰습니다. 결코 마르지 않고 끝을 가늠할 수조차 없으며, 명랑하면서도 비극적인 다양한 형태로 바뀌며 충만하게 인간의 근원적인 모습을 드러내는 것, 그것이 곧 잉글랜드의 극장이고 셰익스피어의 희곡입니다."

말이 고조되다가 갑자기 끊어졌습니다. 길고 숨 막히는 침묵의 순간이 이어졌습니다. 나는 불안한 마음에 주위를 둘러보았습니다. 익히 보아왔던 지친 표정으로 선생님은 한 손을 책상에 걸쳐 놓고 서 있었습니다. 꼼짝 않고 서 있는 그의 모습에서 무서운 느낌마저 들었습니다. 나는 왠지 걱정이 되어 벌떡 일어나 이제 그만 둘지를 물었습니다.

선생님은 처음에는 숨도 쉬지 않고 미동도 하지 않은 채 굳은 표정으로 나를 바라보기만 할 뿐이었습니다. 그러나 곧 그의 눈동자에서 별빛이 다시 푸르른 광채를 품기 시작했습니다. 그는 입술의 긴장을 풀며 내게로 다가왔습니다.

"자, 그런데 자네는 아직도 눈치채지 못한건가?"

감동어린 표정으로 그가 나를 바라보았습니다.

"무슨 말씀이세요?"

무슨 일인지 몰라 나는 말을 더듬거렸습니다. 그러자 선생님은 깊은 한숨을 내쉬면서 살며시 미소를 지었습니다. 몇 달 만에 다시 넉넉하고 부드러운, 다정한 그의 눈빛과 대면한 것입니다.

"제1부가 드디어 완성되었네."

너무나 기뻐 소리치고 싶은 것을 간신히 참았습니다. 뜨거운 감동이 내게로 밀려왔습니다. 어떻게 내가 그것을 지나칠 수 있었겠습니까? 그것은 과거의 깊은 심연에서 힘차게 솟구쳐 나와 창조의 문턱까지 도달했습니다. 말로와 벤 존슨, 셰익스피어가 나타나 당당하게 문턱을 넘었던 것입니다. 이 저술이 이제 첫 생일을 맞이했습니다.

나는 얼른 달려가 필사한 종이를 세어 보았습니다. 가장 어려운 제1부는 빼곡하게 기록한 분량으로 170쪽에 달했습니다. 지금까지 저술은 역사적인 확증에 관해 아주 빽빽하게 얽매였던 반면에, 그 다음에 필사할 부분은 다소 자유롭게 작성할 수 있었습니다. 그의 저작, 아니 우리의 저작을 완성할 수 있으리라는 것은 이제 의심의 여지없이 분명했습니다!

내가 기쁨과 자랑스러움, 행복에 겨운 채 얼마나 크게 소리를 지르며 춤을 추어댔는지는 잘 모릅니다. 생각보다도 크나큰 감격이었음은 확실했습니다. 내가 마지막 문장을 꼼꼼히 읽어보고, 서둘러 매수를 세고, 두 손으로 원고를 잡고 무게를 재어보고, 언제쯤 저작 전체가 완성될 수 있을지 사랑에 빠진 사람처럼 미리 성급하게 헤아려보는 동안, 선생님의 눈빛은 시종일관 미소를 머금은 채 나를 향하고 있었습니다. 그는 감추어 놓았던 자랑스러운 자신의 자부심이 나의 기쁨 속에 투영되어 있음을 보고 있었던 것입니다.

잠시 후 선생님이 아주 천천히 내게 다가와 두 손을 내밀며 나의 손을 꽉 움켜 잡았습니다. 그는 미동도 하지 않고 나를 바라보았습니다. 전에는 그저 경련같이 깜빡이는 색채의 신호만을 나타났던 그의 눈이, 청명하게 생기가 넘치는 푸른색으로 가득해 졌습니다. 그것은 세상의 모든 요소들 가운데 깊은 물과 인간의 깊은 감정만이 만들어 낼 수 있는 색이었습니다. 그토록 반짝이는 푸른 색채가 눈동자의 별에서 솟아나와 내 마음 깊은 곳까지 스며들었습니다.

나는 그 따사로운 물결이 그의 눈에서부터 나에게로 부드럽게 흘러들어와 구석구석 퍼짐과 동시에, 어떤 기이한 쾌감이 나의 감정을 팽창시키고 있음을 알았습니다. 가슴은 샘솟는 힘에 의해 갑자기 넓어졌고, 위대한 정오가 이탈리아식으로 내 마음 속에서 떠오르고 있음을 느꼈습니다.

"나는 알고 있다네."

그의 목소리가 이 광채를 넘어 울려 퍼졌습니다.

"자네가 아니었다면, 나는 결코 이 작업을 시작할 수 없었을거야. 결코 자네를 잊을 수는 없겠지. 자네는 내가 무기력함을 떨치고 일어나 구원의 도약을 이루게 해 주었어. 산만함에 빠져 생기를 잃어가지 않도록 자네가 나를 구원해 준 거야. 오직 자네가! 그 누구도 나를 위해 그렇게 해 주지 않았네. 그 누구도 자네처럼 그렇게 진실하게 도와준 사람이 없었어. 그러니까 나는 이제부터 '자네'에게 고맙다고 하지 않고... '너'에게 고맙다고 말하겠네. 이리 오게! 이제 우리 한 시간 동안은 형제처럼 지내보세."

그는 다정하게 나를 책상 옆으로 이끌고 가더니 준비해 놓은 와인을 집어 들었습니다. 책상에는 두 개의 술잔이 놓여 있었습니다. 공개적인 감사의 뜻으로 그가 상징적인 술자리를 준비해 놓은 것입니다. 나는 너무 기뻐 몸을 떨었습니다. 뜨겁게 열망하던 일이 갑자기 실현될 때보다 내면이 흔들리는 때도 없을 것입니다. 그 징표, 가장 분명한 신뢰의 징표, 무의식중에 내가 갈망했던 징표, 나이 차이를 개의치 않고 힘겨운 거리를 넘어 일곱 배나 소중하게, 형제로 여기고 너(Du)라고 불러준 고마움의 징표가 너무도 귀중하게 느껴졌습니다.

술병 소리가 들렸습니다. 그 술병은 불안에 시달리던 나의 감정을 영원한 신앙 속에서 위로해 주는, 말없는 세례자였습니다. 떨리는 듯 맑게 울리는 병소리처럼 나의 마음에도 맑은 울림이 들렸습니다.

그때 약간의 방해 요소가 축제의 순간을 가로막았습니다. 와인 병에 코르크 마개가 막혀 있었는데 마침 병따개가 없었던 것입니다. 그는 병따개를 가져오려고 일어서려 했으나, 그의 의도를 알아차린 내가 한 걸음 앞서 식당으로 달려갔습니다. 나는 그 순간을, 내 마음이 비로소 안정되는 순간으로, 그 분의 애정을 확인하는 분명한 증거로 애타게 기다려왔던 것입니다. 환하게 불이 켜진 복도를 향해 질주하듯 문을 열고 나가자 어둠 속에서 급하게 몸을 피하던 부드러운 것과 부딪히고 말았습니다. 그 사람은 선생님의 부인이었습니다! 그녀는 분명 문 옆에서 엿듣고 있었던 것입니다.

꽤 심하게 부딪혔는데도, 그녀는 이상할 정도로 아무 소리도 내지 않고 말없이 뒤로 물러났습니다. 나 또한 몸을 움직이지 못한 채 어쩔 줄 몰라 아무 말도 할 수 없었습니다. 그 순간이 한동안 이어졌습니다. 우리 두 사람은 서로에게 부끄러움을 느끼면서 말없이 그 자리에 서 있었습니다. 그녀는 엿듣고 있다가 들켰기 때문이고 나는 뜻하지 않게 그녀를 발견했기 때문이었습니다. 그러자 곧 어둠 속에서 조용한 발걸음 소리가 들렸고 불이 켜졌습니다. 나는 그녀가 창백한 표정과 도발적인 자세로 등을 찬장에 기대는 모습을 보았습니다. 그녀의 눈은 나를 뚫어져라 쳐다보았는데, 어두움, 경고, 위협의 의미가 배어 있는 듯 했습니다. 하지만 그녀는 아무 말도 하지 않았습니다.

오랫동안 신경을 곤두세우고 더듬거린 후에 간신히 병따개를 찾았을 때, 내 손은 덜덜 떨렸습니다. 나는 다시 그녀 옆을 스쳐 지나가지 않을 수 없었는데, 매끈한 목재처럼 견고하고 어두운 빛을 발하는 그녀의 눈빛과 부딪혀야 했습니다. 문 옆에서 몰래 엿듣다가 들켰다는 부끄러운 기색이라곤 전혀 찾아볼 수 없었습니다. 오히려 쌀쌀맞고 단호한 그녀의 두 눈은 이해할 수 없는 위협의 불꽃을 발산하고 있었습니다. 그 반항적인 태도는 자신은 그 자리에서 결코 물러나지 않을 것이며 계속 엿듣고 감시하겠다는 의지로 보였습니다.

비정상적인 그녀의 행동이 나를 혼란스럽게 만들었습니다. 확고한 경고의 뜻으로 나를 쳐다보는 그 시선 때문에 나는 나도 모르게 움츠러들었습니다. 겨우겨우 불안한 걸음으로 선생님이 초조하게 와인병을 들고 있는 서재로 돌아왔을 때 극도로 홍분했던 기쁨의 감정은 이상야릇한 불안으로 변해 차갑게 식어 버렸습니다.

선생님은 태평하게 나를 기다리고 있었으며 유쾌하게 나를 맞아주었습니다. 항상 나는 꿈꾸고 있었지요. 그의 우울한 이마에서 구름이 걷힌 모습을 볼 수 있었으면 하고 말입니다.

그가 처음으로 평화의 광채를 발하며 마음으로부터 나를 바라보고 있는 그 순간, 나는 말문이 막혀 한마디도 할 수 없었습니다. 은밀한 숨구멍을 통해 나오듯 꽁꽁 숨겨진 기쁨이 흘러나왔습니다. 그가 다시 한 번 '너'라는 호칭을 쓰면서 감사를 전했고, 우리는 은빛 잔으로 건배를 했습니다. 나는 어쩔 줄 모른 채 부끄러운 마음으로 그의 감사를 듣고 있었습니다. 그는 친근하게 팔로 감싸 안듯이 하여 나를 안락의자로 이끌었고, 우리는 서로 마주앉았습니다.

그가 자신의 손을 가볍게 내 손에 포개었습니다. 처음으로 나는 자유로운 마음으로 그를 느낄 수 있었습니다. 그렇지만 아무 말도 할 수가 없었습니다. 무의식적으로 내 시선은 자꾸 문 있는 쪽을 훔쳐 보았는데, 그녀가 그곳에서 엿들으며 서 있을 것이라는 불안이 내 마음에 온통 가득했습니다. 그가 나에게, 내가 그에게 하는 모든 말을 그녀가 엿듣고 있다는 생각이 내 머릿속에서 끊임없이 맴돌고 있었습니다.

어째서 오늘인가, 하필이면 어째서 오늘일까? 그가 따뜻한 시선으로 나를 감싸며 갑작스럽게 "오늘 너에게 나에 대해서, 나의 젊은 시절에 대해서 이야기하겠어." 라고 말했을 때, 나는 너무 놀라 그만 멈추어 달라는 손짓을 하며 벌떡 일어났습니다. 선생님도 놀라서 나를 올려 보았습니다.

"오늘은 안 됩니다." 나는 더듬거리며 말했습니다. "오늘은 이야기하지 말아주세요... 죄송해요."

엿듣고 있는 사람에게 들릴 수 있다는 생각이 들어 두려웠지만, 그런 이야기를 그에게 할 수는 없었습니다. 무슨 영문인지 모르겠다는 표정으로 선생님은 나를 쳐다보았습니다.

"무슨 일이야?"

약간 기분이 상한 듯 그가 물었습니다.

"조금 피곤해서요... 죄송합니다... 뭔가 가슴을 짓누르는 것 같은... 그런 느낌이네요."

몸을 떨면서 나는 자리에서 일어났습니다.

"제가 그냥 가는 게 나을 것 같습니다."

나의 시선은 나도 모르게 선생님 곁을 스쳐 문 쪽으로 향했습니다. 여전히 그녀가 기둥 뒤에 숨은 채 적대적인 호기심으로 질투를 느끼며 엿듣고 있다는 생각이 들었습니다.

선생님도 무겁게 안락의자에서 몸을 일으켰습니다. 갑자기 피곤한 기색을 한 그의 얼굴 위로 어두운 그림자 같은 것이 나타났습니다.

"정말 가려고 하나?... 오늘... 하필이면 오늘?"

그가 나의 손을 잡자 알 수 없는 무거운 기운이 내게 전달되었습니다. 하지만 곧 그는 돌을 던지듯 잡았던 손을 매정하게 놓았습니다.

"아쉽군."

그는 실망에 사로잡혀 이렇게 내뱉었습니다.

"한 번 솔직하게 자네와 이야기하고 싶었는데! 정말 유감이야!"

일순간 깊은 탄식이 검은 나비처럼 서재에 가득 퍼졌습니다. 너무나 부끄러워 어찌할 바를 몰라 설명할 길 없는 불안에 사로잡힌 채, 나는 조심스럽게 물러나와 조용히 문을 닫았습니다.

간신히 더듬거리며 계단 위로 올라와 곧장 침대에 몸을 던졌습니다. 잠은 오지 않았습니다. 빛이 들어오지 않는 검은 조립품으로 나뉘어진 얇은 벽을 두고 내가 사는 세계가 그들이 사는 세계 위에 겹쳐져 있다는 것을 그렇게 절실하게 실감한 적이 없었습니다. 불가사의한 일이지만 아주 예민한 감각으로 아래층에 사는 두 사람이 깨어 있다는 것을 느낄 수 있었습니다. 선생님은 지금 아래층 서재에서 불안하게 왔다 갔다 하고 있으며, 그녀는 어딘가 다른 곳에서 아무 말 없이 앉아 있거나, 엿들으며 이리저리 배회하는 모습이 보지 않아도 눈 앞에 그려졌고, 듣지 않아도 들렸습니다. 하지만 그녀가 두 눈을 부릅뜨고 있다는 생각이 들었고, 그 감시는 서슬 퍼렇게 나의 몸속으로 스며들었습니다. 어둠과 음산함과 더불어 무거운 침묵에 휩싸인 집 안 전체에 갑자기 악몽이 드리워진 것 같았습니다. 나는 담요를 걷어차 버렸습니다. 두 손이 뜨겁게 달아올랐습니다. 내가 대체 어디로 휩쓸려 들어간 것일까? 나는 비밀이 아주 가까이에 있음을 직감했지만, 그 뜨거운 비밀의 숨결은 가혹하게 내 얼굴에 다가오다가 다시 멀어졌습니다. 비밀의 그림자, 말도 없고 볼 수도 없는 그 그림자가 계속 주변을 맴돌고 있었습니다. 오싹한 털을 살짝 스치게 해서 놀라게 하는, 소리 없이 앞발을 들고 이리저리 흔들리는 유령 고양이같은 그 그림자가 집안에 위험스럽게 도사리고 있다는 느낌이 들었습니다. 여전히 나는 어둠 속에서 부드럽게 내민 그의 손처럼 안아주는 듯한 그의 눈빛을 느꼈으며, 그와 동시에 그의 부인의 날카롭고 위협적이며 마음을 서늘하게 하는 또 다른 눈빛도 느꼈습니다.

내가 그 두 사람의 비밀 속에서 무엇을 할 수 있었겠습니까? 무엇 때문에 두 사람은 두 눈을 가린 나를 정열의 한 가운데에 놓아둔 채, 이해할 수 없는 싸움으로 나를 몰아넣고 이글거리는 증오와 분노를 한 다발로 묶어 내 마음 속에 밀어 넣었던 것일까요?

나의 이마는 뜨겁게 달아올랐습니다. 나는 얼른 일어나 창문을 열어젖혔습니다. 한여름의 구름 아래에 도시는 평화롭게 잠들어 있었습니다. 아직도 불빛이 반짝이는 창문도 있었지만 그곳에 앉아 있는 사람들은 평화로운 담소로 한데 섞이고, 책을 읽거나 음악을 들으며 따뜻한 마음을 나누고 있을 것입니다. 하얀 창틀 뒤 어느덧 어둠이 내려앉은 곳에서는 분명 안락한 수면이 호흡하고 있을 것입니다. 이렇듯 모두 휴식을 취하고 있는 지붕 위에, 은빛 안개를 머금은 달과 같은 부드러운 안식과 온화한 고요함이 맴돌고 있었습니다. 11시를 알리는 시계탑의 종소리가 우연히 귀기울이는 사람이나 꿈을 꾸고 있는 사람들의 귓가에 가볍게 떨어졌습니다. 오로지 나만이 아직도 깨어 있는 존재, 기이한 상념들이 불쾌하게 포개져 있는 존재였던 것입니다. 열병에 시달리는 나의 감각은 마음속에서 혼란스럽게 소용돌이치는 어떤 속삭임을 알아차리려 전력을 쏟았습니다.

갑자기 나는 깜짝 놀라 물러났습니다. 계단에서 발걸음 소리가 들리는 것이 아니겠습니까? 나는 귀를 기울이며 일어났습니다. 누군가가 눈먼 사람처럼 더듬으면서, 머뭇거리며 불확실한 발걸음으로 계단을 올라오고 있었습니다.

계단의 닳아빠진 나무가 삐걱대고 덜컹거리는 소리를 낸다는 것을 이미 나는 알고 있었습니다. 그 발걸음은 확실히 내 방으로, 나에게로 향하고 있었던 것입니다. 지붕 맨 위층에 거주하는 사람은 이미 잠들어 있어 아무도 방문할 사람이 없는 귀먹은 노부인을 제외하고는 오직 나 뿐이었습니다. 혹시 선생님의 발걸음 소리였을까요? 아니었습니다. 넘어질 듯 급하게 걷는 그의 발걸음 소리와는 달랐습니다. 그 발소리는 머뭇거리며 겁먹은 듯 주저하는 발걸음이었습니다.

또 소리가 들렸습니다! 몰래 숨어든 사람이거나 범죄자일 가능성이 높았고 친구는 아닐 것 같았습니다. 나는 잔뜩 긴장해서 귓가에 들리는 소리에 귀를 기울였습니다. 벗은 발에서 서늘한 한기가 확 올라 왔습니다.

자물쇠 소리가 낮게 '찰칵' 울렸습니다. 벌써 그 사람은 문 앞에 와 있는 것이 분명했습니다. 미세한 바람이 벗은 발가락에 와 닿은 기운으로 인해 바깥쪽 문이 열려져 있음을 알았습니다. 그런데 열쇠는 그 사람, 오직 나의 선생님, 그만이 갖고 있었지요.

선생님이라면, 어째서 그렇게 소심하고, 그렇게 낯선 행동을 하는 것일까? 아니면 걱정스러운 마음이 들어 나를 찾아온 것인가? 이 불안한 손님이 밖에 있는 응접실에서 지금 머뭇거리는 이유는 대체 무엇일까? 도둑처럼 살며시 기어들어온 그의 발걸음이 갑자기 굳어져 버렸습니다. 나도 너무 무서워서 움직이지 못하고 그 자리에 서 있었지요. 소리를 지를 뻔했지만 목구멍이 끈적끈적하게 꽉 막혀버렸습니다. 문을 열려고 했지만 두 발이 바닥에 꼼짝없이 박혀 버린 것처럼 굳어 버렸습니다. 이제 나와 그 손님, 둘 사이에는 얇은 벽이 있을 뿐이었는데도, 그와 나 둘 다 발걸음을 내딛지 못했습니다.

그때 시계탑에서 종소리가 울렸습니다. 11시 15분을 알리는 딱 한 번의 울림이었지요. 그 종소리가 굳어있던 내 몸을 풀어주 었습니다. 그래서 나는 문을 열어젖혔습니다!

정말, 그곳에 선생님이 초를 손에 들고 서 있었습니다. 문을 다 소 거칠게 열었기 때문에 바람이 불어 선생님의 손에 들린 촛 불이 푸르게 타올랐고, 꼼짝 않고 서 있는 그의 자세에서 만 들어진 흔들리는 거대한 그림자가, 그의 뒤에서 마치 술주정 꾼처럼 비틀거리며 벽에 비춰지고 있었습니다. 그도 나와 눈 이 마주치자 몸을 움찔하며, 갑작스러운 바람 때문에 놀란 채 잠에서 깨어나 자기도 모르게 추위에 떨며 이불을 끌어당긴 사람처럼 움츠러 들었습니다. 그리고 나서야 그는 뒤로 물러 섰습니다. 초가 흔들리면서 촛농이 그의 손에 뚝뚝 흘러 내 렸습니다.

나는 깜짝 놀라 몸을 떨었습니다.

"선생님, 어쩐 일이세요?"

나는 말을 더듬거릴 수밖에 없었습니다. 선생님은 아무 말 없이 나를 바라볼 뿐이었습니다. 그도 말문이 막힌 것 같았습니다. 마침내 선생님이 들고 있던 초를 서랍장 위에 올려놓고 나서야 박쥐처럼 흔들리던 그림자가 안정을 찾았습니다. 그제서야 그가 천천히 더듬거리며 말했습니다.

"나는... 나는..."

그러나 그의 목소리는 또 다시 막혀버렸습니다. 도둑질하다가 들킨 사람처럼 그는 선 채로 바닥을 응시하고 있었습니다. 나는 속옷 바람이라 추위에 온 몸을 떨고, 몸을 한껏 웅크린 선생님도 부끄러움에 어찌할 바를 모르고 서 있는 이 상황, 그건 정말로 견딜 수가 없었습니다.

그러자 갑자기 선생님이 마음을 다잡은 듯 내게 다가오면서 웃음을 지었습니다. 불쾌하고 꺼림칙한 미소, 입술을 꽉 깨물며 두 눈에서 위험한 빛을 내는 미소가 낯선 가면처럼 경직된 표정으로 나를 비웃었습니다. 그 다음, 갈라진 뱀의 혀에서 나오는 듯한 목소리가 흘러 나왔습니다.

"나는 그저 자네에게 말할 게 있어서 그러네... 그러니까 우리가 '너'라고 한 거.... 그게... 그게... 학생과 선생 사이에는 어울리지 않는 거라는 이야기일세... 무슨 말인지 알겠나?... 서로 거리를 두는 게 맞아... 거리... 거리 말일세."

그는 이렇게 말하면서 자기도 모르게 자국이 날 만큼 손을 꽉 쥐었습니다. 그리고는 증오와 모욕, 적대적인 악의로 가득 찬 표정으로 나를 쏘아보았습니다. 나는 비틀거리며 뒷걸음쳤습니다. 그는 미친 것인가? 아니면 술에 취했나? 그는 주먹을 움켜쥔 채 서 있었는데, 금방이라도 나에게 달려들어 내 얼굴을 칠 것만 같았습니다.

하지만 그 공포는 짧은 순간 이어지다가 기세가 갑자기 꺾이며 허물어졌습니다. 덤벼들 듯한 눈빛도 사라졌습니다. 그는 몸을 돌리며 미안하다는 말을 중얼거리고는 촛불을 집어 들었습니다. 바닥까지 납작 엎드려 있던 그림자가 고분고분해진 검은 악마처럼 다시 뛰어 올라 그를 앞장세우고 급히 문 쪽으로 사라졌습니다. 그런 다음에는 내가 할 말을 생각해 내기도 전에 나가 버리고 말았습니다. 문이 굳게 닫혔습니다. 그의 내달려가는 것 같은 발걸음 아래로 계단은 고통스럽게 삐걱거렸습니다.

나는 그날 밤을 잊지 못할 것입니다. 차가운 분노와 이글거리는 절망이 어쩔 줄 모르고 격렬하게 교차했습니다. 여러 상념이 폭죽처럼 현란하게 뒤엉켰습니다. 어째서 그는 나를 미워하는 거지? 왜 한밤중에 적의를 품고 조용히 계단을 올라와 내 면전에 모욕을 퍼부었을까? 도대체 내가 그 사람한테 무슨 짓을 했다는 거야? 이제 내가 무엇을 해야하지? 내가 그의 마음을 상하게 한 이유도 모르는데 어떻게 그를 달래줄 수 있겠어?

나는 안절부절 못하며 침대에 몸을 던졌다가 다시 일어나서는, 또다시 이불 속으로 몸을 던졌습니다. 그 유령 같은 모습, 선생님이 발소리를 죽이고 올라오다가 나를 보자 당황해하는 모습, 그의 뒤에 낯설고 기이한 큰 그림자가 벽을 타고 비틀거리듯 일렁였던 모습이 계속 눈 앞에 아른거렸습니다.

잠깐 눈을 붙인 후 아침에 눈을 뜨자, 처음에는 꿈을 꾼 것 같은 느낌이 들었습니다. 그러나 서랍장에는 아직도 스테아린 촛농이 둥글고 노랗게 붙어 있었습니다. 환하게 빛나는 밝은 방 한가운데에 도둑처럼 기어 올라왔던 방문자의 끔찍한 기억이 자꾸 나타났습니다.

오전 내내 나는 밖으로 나가지 않았습니다. 그와 만날 것을 생각하면 기운이 빠졌습니다. 글을 쓰거나 책을 읽으려 했지만 잘 되지 않았습니다. 나의 모든 신경은 잠식 되었고, 당장이라도 심한 경련이 일어나거나 흐느껴 울면서 소리를 질러야 진정될 것 같았습니다. 내 손가락이 흔들리는 나뭇가지처럼 마구 떨리는 것을 보면서도 손가락을 안정시킬 기력조차 없었으며, 관절이 잘린 것처럼 무릎이 후들후들 떨렸습니다.

어떻게 하지? 어떻게 하면 좋을까? 기진맥진할 때까지 스스로에게 물었습니다. 귀밑머리까지 핏줄이 곤두서며 눈 아래까지 퍼렇게 물들었습니다. 하지만 나갈 수도, 내려갈 수도, 느닷없이 그와 마주칠 수도 없었습니다. 자신감 없이는, 신경이 다시 살아나기 전까지는 그런 행동은 금물이었습니다.

그냥 다시 침대에 몸을 던졌습니다. 배가 고팠지만 무엇을 해야 할지 몰랐으며, 씻지도 않은 채 그저 혼란스러울 뿐이었습니다. 나의 감각은 얇은 벽 사이에서 다시 이런 저런 상념에 빠져들었습니다. 그는 지금 어디에 있는 것일까? 무엇을 하고 있을까? 나처럼 깨어있을까? 아니면 나처럼 절망에 빠져있는 건 아닐까?

정오가 되었지만 여전히 혼란스러움을 안고 침대에 누워 있었습니다. 그때 계단을 오르는 발걸음 소리가 들렸습니다. 온 신경이 날카롭게 곤두섰습니다. 그런데 그 발걸음은 한꺼번에 두 계단씩 뛰어오르는, 가볍고 태연한 발걸음이었습니다. 벌써 한 손을 문에 대고 노크하는 소리가 들렸습니다. 나는 문을 열지는 않았지만 얼른 일어났습니다.

"누구세요?" 내가 물었습니다.

"왜 식사하러 오지 않아요?"

약간 화가 난 듯한 부인의 목소리였습니다.

"어디 아파요?"

"아닙니다. 아니에요." 당황해서 나는 말을 더듬었습니다. "금방 갈게요. 곧 갈 겁니다."

급히 옷을 챙겨 입고 내려가는 수밖에는 어쩔 도리가 없었습니다. 하지만 사지가 떨려 계단의 난간을 잡지 않으면 안 될 지경이었습니다.

나는 식당 안으로 들어갔습니다. 두 사람용 식기를 앞에 차려두고 선생님의 부인이 기다리고 있었습니다. 그녀는 나에

게 기다림을 주지시키려는 듯 가볍게 비난 하는 듯한 인사를
건넸습니다.

그런데, 선생님의 자리가 비어 있었습니다. 피가 머리 끝까지
솟구치는 느낌이었습니다. 갑자기 그가 사라진 것은 무슨 의미
지? 나보다 더 나를 만나는 것을 두려워하고 있다는 것일까?
혹시 창피해서 그런 것인지... 아니면 앞으로는 나와 함께 식사
하지 않겠다는 뜻일까? 나는 마침내 결심을 하고 선생님은 왜
오시지 않느냐고 물었습니다.

그녀는 놀라며 쳐다보았습니다.

"오늘 아침에 떠난 걸 모르고 있었어요?"

"떠나셨다고요?" 나는 이렇게 중얼거렸습니다. "어디로요?"

그녀의 얼굴에 긴장하는 기색이 역력했습니다.

"제 남편은 도통 제게 말을 해주지 않아요. 아마도 늘 그렇듯
여행을 떠난 것이겠지요." 그리고는 날카로운 눈빛으로 나를
쳐다보며 물었습니다.

"그런데 당신은 모르고 있었어요? 제 남편이 어젯밤에 당신 방
으로 올라가던데요? 나는 작별 인사를 한 줄 알고 있었는데...
이상하네요. 정말 이상하네요... 당신한테 아무 말도 하지 않

았다니 말이에요."

"나한테요?"

나도 모르게 소리를 질렀습니다. 그 소리는 지난 몇 시간 동
안 쌓이고 쌓인 모든 것들을 부끄러움과 수치스러움으로 몰
아 넣었습니다. 갑자기 눈물이 펑펑 쏟아졌고 극심하게 온 몸
이 떨리면서 경련이 일었습니다. 혼란스러운 절망이 한데 뭉
쳐 마구 소용돌이치듯 쏟아졌으며, 솟구치는 말과 울분의 물
결이 넘쳐흘렀습니다. 나는 하염없이 울었습니다. 아니, 운 것
이라기보다는 전율했고, 발작 같은 흐느낌과 더불어 잔뜩 참
았던 고통을 움찔거리는 입술 밖으로 토해냈습니다. 떼를 쓰
며 날뛰는 어린아이처럼 나는 두 주먹으로 식탁을 미친 듯이
내리쳤습니다.

실컷 울고 나니 몇 주일 동안 뇌우가 내 위에 쏟아진 것처럼
온통 눈물 범벅이었습니다. 감정이 격렬하게 요동친 후에 마
음이 진정됨을 느끼자 그녀 앞에서 내 감정을 다 드러낸 것이
한없이 부끄러웠습니다.

"이게 무슨 일이에요! 맙소사!"

그녀는 당황해하며 벌떡 일어났습니다. 그러더니 급하게 나를

부축하여 식탁에서 소파로 데려갔습니다.

"이쪽으로 누워요! 안정 좀 취하라고요."

밀려오는 격동이 여전히 떨고있는 내 몸을 흔들어 놓았고, 그녀는 내 손을 어루만지고 머리를 쓰다듬었습니다.

"괴로워하지 말아요. 롤란트. 괴로워 할 필요 없어요. 나는 다 알고 있었어요. 이미 이럴 줄 알고 있었다고요."

그녀는 계속 내 머리를 쓰다듬으며, 차갑게 말했습니다.

"그이가 사람을 얼마나 혼란스럽게 하는지 나도 알고 있어요. 누구보다 잘 알지요. 하지만 당신도 알잖아요. 난 당신이 정작 불안정한 그이한테 의존하는 모습을 보고는 항상 당신에게 경고하려 했어요. 당신은 그이를 몰라요. 당신은 어린아이 같이 맹목적인 사람이에요. 당신은 아무 것도 눈치 채지 못했어요. 오늘도, 바로 오늘도 아무 것도 몰랐잖아요. 어쩌면 당신이 오늘 처음 무언가 깨닫기 시작한 것인지 모르죠. 그렇다면 그이나 당신을 위해 훨씬 좋은 일이긴 하지만 말이에요."

그녀는 내 몸 위에 따뜻하게 몸을 숙이고 있었습니다. 유리알 깊은 곳에서 솟아나온 듯한 그녀의 말과 나를 어루만져주는 그녀의 손길이 닿자 고통이 잦아들고 안정되는 느낌이 들었습니다. 마침내 연민의 숨결을 다시 한 번 느끼고, 또 다시 어머니처럼 부드러운 사람의 손을 가까이에서 느끼게 되자 한결 기분이 좋아졌습니다. 어쩌면 나는 그토록 부드러운 여인의 손길을 너무 오랫동안 느끼지 못했던 것 같습니다. 하지만 이제 비애의 베일을 통해 따뜻하게 위로 해 주는 동정을 느꼈으며, 고통의 한 가운데에서도 포근한 느낌이 밀려왔습니다. 나도 모르게 터져 나왔던 그 발작, 모든 것을 포기한 듯한 그 절망 때문에 내가 얼마나, 대체 얼마나 부끄러웠던지!

간신히 몸을 일으킨 나는 갑작스런 흐름이 막힌 상태에서 또다시 원망의 소리를 내뱉고 말았습니다. 그가 나에게 행했던 모든 일들, 그가 나를 내치고 압박했다가 다시 나를 끌어당겼던 것, 이유도 원인도 없이 나에게 엄하게 대했던 것에 대한 원망이 쏟아져 나왔습니다. 그는 애정으로 나와 엮여 있으면서도 나를 괴롭히는 사람, 내가 사랑하면서도 미워하고, 미워하면서도 사랑하는 사람이었습니다.

내가 또 다시 흥분하기 시작하는 바람에, 그녀는 다시 나를 안정시키지 않으면 안되었습니다. 부드러운 손이 다시금 나를 가만히 안락의자 위에 눕혔지만, 나는 기를 쓰고 일어나려고 발버둥치다가 마침내 안정을 되찾았습니다. 그녀는 생각에 잠긴 듯 아무 말도 하지 않았습니다. 그녀도 모든 것을 이해하고 있다는 것을, 어쩌면 나보다 나를 더 잘 이해하고 있다는 것을 어렴풋이 느낄 수 있었습니다.

몇 분간의 침묵이 우리를 연결시켜 주었습니다. 그 다음에 그녀가 자리에서 일어났습니다.

"당신은 너무 오랫동안 소년이었어요. 이제 어른이 된 거예요. 식탁으로 와서 식사해요. 비극적인 일은 일어나지 않을 테니까. 그냥 오해일 뿐이고 진실은 곧 밝혀질 거예요."

내가 받아들이지 않자 그녀는 격렬하게 덧붙였습니다.

"그 오해는 곧 풀릴 거라고요. 내가 더 이상 당신이 끌려 다니거나 혼란을 느끼도록 내버려 두지 않을테니까. 이제 그런 일은 끝내야 하겠죠. 내 남편도 어느 정도 자신을 자제해야 하는 법을 배워야 할 거예요. 그이의 모험적인 놀이에 당신은 아주 적절한 사람이었어요. 내가 당신한테 사실대로 이야기해 주겠어요. 그냥 날 믿어봐요. 그러니까 지금은 우선 식탁으로 가요."

좀 창피하기도 해서 나는 망설이며 뒤로 물러섰습니다. 그녀는 중요하지 않은 이야기도 서두르며 열심히 이야기 했습니다. 내가 자제하지 못하고 감정을 쏟아낸 것에 대해 그녀가 대수롭지 않게 흘려보내고 그냥 잊은 것처럼 처신하는 것에 대해 마음속으로 고마운 생각이 들었습니다. 그녀는 내일이 일요일이니, 책에서 해방되어 기분 전환도 할 겸 대학 강사 W.씨와 그 사람의 약혼녀와 함께 인근 호숫가로 소풍가자고 했습니다. 내가 아픈 것은 과로와 신경과민 때문이니 수영을 하거나 여행을 떠나면 내 몸이 안정을 되찾을 것이라고 그녀는 말했습니다.

나는 가겠다고 약속했습니다. 모든 것들, 즉 이제 외톨이로 있는 것, 방에 혼자 있는 것, 어둠 속에서 상념에 사로잡혀 있는 것은 그만 두어야 했습니다.

"오늘 오후에는 집에만 처박혀 있지 말아요. 산책을 해요. 마음껏 뛰고 즐겁게 보내요!" 그녀는 자꾸 재촉했습니다.

'참 신기해. 어떻게 그녀는 내 속마음을 이토록 잘 알고 있을까? 낯선 사람인 그녀가 어떻게 내가 필요한 것이 무엇인지, 어떤 아픔이 있는지를 항상 정확히 꿰고 있는지 모르겠어. 나를 잘 알고 있는 선생님은 나를 오해해서 이토록 가슴을 아리

게 만드는데...'

나는 그러겠다고 그녀에게 약속했습니다. 그리고 고마운 마음으로 그녀를 쳐다보았을 때, 새로운 얼굴을 발견했습니다. 전에는 뻔뻔하고 거들먹거리는 젊은이처럼 조롱하는 듯 도도했던 그녀의 표정이 지금은 온화하고 연민으로 가득한 표정으로 변해 있었던 것입니다.

'어째서 선생님은 이렇듯 친절하게 나를 바라보지 않는 것일까?'

나는 혼란스러운 감정 속에서 갈망하듯 스스로에게 이렇게 물었습니다.

'무엇 때문에 그는 내가 아파하고 있다는 것을 한 번도 느끼지 못했을까? 어째서 애정어린 손을 내 머리에 얹어 주지 않는 걸까?'

나는 감사의 뜻으로 그녀에게 가볍게 키스를 건넸지만 그녀는 불안한 듯 얼른 몸을 피했습니다.

"너무 마음 아파하지 말아요."

그녀가 다시 같은 말을 반복했고, 그 목소리는 내게 가까이 내려앉았습니다.

그러나 이내, 그녀의 입술에는 다시 쌀쌀한 기운이 맴돌았습니다. 뻣뻣하게 몸을 일으키며 그녀는 낮은 목소리로 이렇게 내뱉었습니다.

"내 말을 믿어요. 그는 그럴 가치가 없는 사람이에요."

들릴 듯 말 듯한 그 속삭임이 거의 진정되어가던 나의 마음을 또 다시 고통속으로 세차게 밀어 넣었습니다.

그 날 오후와 저녁에 내가 저질렀던 일은 이후 몇 년이 지났어도 그것을 회상하는 것조차 민망할 정도로 우스꽝스럽고 유치했습니다. 그렇기 때문인지 내 마음 속의 검열이 그에 대한 기억을 순식간에 흐릿하게 만들었습니다. 그런데 지금은 그토록 미숙한 행동이 더 이상 부끄럽지 않습니다. 오히려, 제어하기 어려운 혼란스러운 열정에 빠졌던 그 청년, 곡예하듯 불확실한 감정을 스스로 해결해 보려 했던 그 청년을 지금은 정말 잘 이해하게 되었습니다.

마치 아주 긴 복도의 끝에서 망원경을 통해 바라보는 것처럼, 나는 당시의 나 자신을 바라봅니다. 이리저리 헤매다가 자기 방으로 올라가면서 스스로에 대해 어쩔 줄 모르는 젊은이, 갑자기 상의를 걸치면서 평소와는 다른 거칠고 확고한 몸짓으로 갑작스레 힘차고 기운 넘치는 발걸음을 돌려 거리로 뛰쳐나가는 그 청년.

그렇습니다. 그가 바로 나였고, 나는 그런 나를 생각하고 있습니다. 유치했지만 고뇌로 가득했으며 가련했던 그 때를 전부 기억합니다. 긴장하며 거울 앞에서 혼자 지껄인 것도 알고 있습니다.

"이제 그 사람을 상대하지 않겠어! 악마가 데리고 가라고 하지! 나이들고 어리석은 그 사람 때문에 내가 마음 고생할 필요가 뭐가 있어! 그녀 말대로 그냥 재미있게 즐기고 신나게 노는 거야! 자, 밖으로 나가자!"

정말 그때 나는 거리로 뛰쳐나갔습니다. 단숨에 나 자신을 풀어버리려고 말입니다. 난 마구 달렸습니다. 이 즐거운 확신이 결코 즐거울 리 없다는 생각, 딱딱한 얼음 덩어리가 내 마음을 무겁게 짓누르고 있다는 생각으로부터 비겁하게 도피하려고 한 것입니다. 내가 무거운 지팡이를 손에 들고 학생들을 노려보며 걸어가는 모습을 생생히 기억합니다. 누구하고든 느닷없이 싸움을 벌이고, 가는 길을 막아서는 사람을 만나면 출구

없이 떠도는 분노를 마구 퍼붓고 싶은, 위험하기 그지없는 기분이 내 마음속에서 날뛰고 있었습니다.

다행스럽게도 내게 관심을 기울이는 사람은 아무도 없었습니다. 난 세미나 수업의 학우들이 함께 모이는 카페로 발걸음을 옮겼습니다. 그 자리에 초대받지 못했음에도 나는 식탁에 앉아 누군가 조금이라도 빈정대기라도 하면 그것을 빌미로 시비를 걸 작정이었습니다.

그런데 나의 기대는 허무하게 사라졌습니다. 날씨가 너무 좋아 대부분의 학생들이 야외로 놀러 나갔으며, 그나마 카페에 앉아 있던 두세 명의 학생들도 공손하게 인사를 건네면서 이글거리는 나의 격분에 일말의 빌미도 주지 않았던 것입니다.

화가 치밀어 올라 그 자리에서 일어나 도시 외곽 지역으로 갔습니다. 맥주와 자욱한 담배 연기 사이에서 시끄럽게 울려대는 여성악단의 음악을 들으며, 소도시에서 몰려와 흥겹게 떠들어 대고 있는 주정뱅이들이 함께 어울려 빽빽하게 섞여 있었습니다. 나는 술 두세 잔을 단숨에 들이켰습니다. 그리고는 평판이 좋지 않은 한 여자와 그녀와 똑같은 화장을 한 바짝 마른 여자, 이 두 사람을 내 자리로 초대해서 사람들에게 유달리 눈에 띄는 행동을 함으로써 병적인 기쁨을 만끽했습니다. 이 작은 도시에 있는 모든 사람들이 나를 알고 있었고, 내가 선생님의 제자라는 것을 모르는 사람은 없었습니다. 여자들은 도발적인 의상으로 거침없이 행동했습니다. 난 어리석게도 나 자신을 사람들에게 웃음거리로 만들고 동시에 선생님도 웃음거리로 만들려는 졸렬하고 기만적인 즐거움에 도취되어 있었던 것입니다. 내가 선생님을 무시하고 있으며, 그에 대해 전혀 신경 쓰지 않고 있다는 것을 과시하고 싶었던 겁니다. 그리고 사람들 앞에서 내가 아무 생각 없고 염치없는 방법으로 풍만한 가슴의 여자에게 추근대는 모습을 보여주고 싶었습니다. 뜨거운 악의에 순식간에 홀려 버리고 말았던 겁니다.

우리는 함께 섞여 거침없이 춤을 추었으며 와인과 독주, 맥주를 마구 마셔댔는데, 얼마나 난잡하게 서로 부딪혀 뒹굴었는지 의자가 바닥에 떨어져 옆에 있던 사람들이 조심스럽게 피할 정도였습니다. 그렇지만 난 조금도 부끄럽지 않았고 오히려 그 반대였습니다.

"와인! 와인을 가져와!"

내가 주먹으로 식탁을 내리치는 바람에 술잔들이 이리저리 흔들렸습니다. 결국 나는 두 여자와 함께 밖으로 나왔습니다. 양 팔에 한 여자씩 껴안고 큰 도로를 가로질러 건넜는데, 저녁 9시 혼잡한 시간대라 도로에는 젊은 여자와 시민, 군인들이 편 안하게 시내 구경을 하고 있었습니다. 우리 셋은 흐느적거리는 불결한 클로버처럼 차로에서 시끄럽게 난동을 피워댔고, 결국 경찰관의 강력한 제지를 받았습니다.

그 다음 어떤 일이 일어났는지에 대해서는 더 이상 묘사하고 싶지 않습니다. 걸쭉한 술 냄새가 나의 기억을 흐릿하게 증발 시켰는데, 기억나는 것은 어느 순간 술에 취한 두 여자와 함께 있는 것이 힘들어졌고, 나 자신도 더 이상 몸을 가누지 못해 서 돈을 주고 여자들을 돌려보냈으며 어디선가 커피와 코냑 을 마셨다는 것과 대학 건물 앞에서 교수들에 대한 비판을 해 대면서 모여 있는 대학생들을 웃게 만들었다는 것이었습니다. 그 다음에 나는 몽롱한 본능에 이끌려 나를 더럽히려 하였으 며, - 뒤죽박죽된 정열의 분노가 넘치는 상식 밖의 허망한 생 각이지만 - 선생님에게 모욕을 주려는 마음으로 사창가로 가 려 했으나 길을 찾지 못해 짜증을 내며 비틀거리며 집으로 돌 아왔습니다. 술에 취해 손이 말을 듣지 않아 문을 여는데 꽤 고생을 했고 간신히 기어서 첫 몇 계단을 올라갔습니다.

하지만 선생님의 방문앞에 도달하자, 느닷없이 얼음장 같이 차가운 물을 머리에 뒤집어 쓴 것처럼 흐릿한 취기가 말끔히 사라졌습니다. 갑자기 정신이 번쩍 들었고 일그러진 얼굴로 마구 날뛰는 바보의 모습을 보았습니다. 부끄러움 때문에 온 몸이 오그라들었지요. 두들겨 맞은 개처럼 아주 조용히, 그리고 누구도 듣지 못하도록 아주 살금살금 내 방으로 올라갔습니다.

나는 죽은 사람처럼 잠에 빠져 들었습니다. 일어났을 때 이미 태양이 마룻바닥을 가득 메웠고, 어느덧 느릿느릿 침대 모서리까지 햇빛이 올라오고 있었습니다. 그 순간 나는 벌떡 일어났습니다. 머리가 깨질 것 같은 두통 속에서도 어젯밤의 기억이 서서히 뇌리를 스쳤습니다. 나는 부끄러움을 꾹 억눌렀습니다. 더 이상 창피하다는 생각을 하고 싶지 않았던 것입니다. 그것은 그의 잘못이라고 나 자신을 설득했습니다.

'그래. 내가 그렇게 타락한 것은 오로지 그의 잘못이야. 어젯밤 일은 그저 올바른 학생이 장난삼아 한 짓이라고. 몇 주일 동안 오로지 일, 일밖에 몰랐던 사람에게는 허용될 수 있는

일이야!'

나는 그렇게 스스로를 위로했습니다. 그렇지만 그렇게 나 자신을 정당화시켜 보았자 속마음이 편치 않았고, 우울한 마음이 들고 가슴이 답답해서, 어제의 소풍 약속을 생각하면서 선생님의 부인에게로 갔습니다.

그런데 정말 이상하게도 내가 선생님 집 문의 손잡이를 잡자마자 그가 다시 내 마음 속에 등장했는데, 활활 타오르면서 터무니없이 쑤셔대는 고통과 강렬한 의심도 함께 찾아오는 것이었습니다. 조용히 문을 두드리자, 부인은 이상스럽게 부드러운 눈빛으로 나를 맞아 주었습니다.

"롤란트, 어째서 그런 무분별한 짓을 한 거예요?"라고 말했지만, 그녀의 말투는 비난조라기보다는 오히려 동정하는 말투였습니다.

"도대체 왜 당신 자신을 그렇게 고통스럽게 하는 거예요!"

나는 벌떡 자리에서 일어났습니다. 그녀가 어리석기 그지없었던 어젯밤 나의 처신에 관해 이미 듣고 안 것 같았습니다. 하지만 그녀는 내가 당황하는 기색을 보더니 화제를 돌렸습니다.

"어쨌든 오늘은 차분하게 시간을 보내도록 해요. 10시에 대학 강사 W.씨와 그의 약혼녀가 오기로 했어요. 그러면 야외로 가서 배도 타면서 어리석은 생각은 모두 강물 속에 던져버려요."
그런데도 나는 불안한 마음에 교수님은 돌아오셨냐고 불필요한 질문을 던졌습니다. 그 질문에 그녀가 대답하지 않고 나를 빤히 쳐다보는 것을 보고, 괜히 쓸데없는 질문을 했다는 생각이 들었습니다.

정각 10시에 그 대학 강사가 도착했습니다. 그는 학계에서 외톨이 신세인 젊은 유대인 물리학자로서 역시 고립된 처지에 있는 우리와 교류하던 유일한 인물이었습니다. 그 사람은 자신의 약혼녀를 데리고 왔는데 그 젊은 여자는 언뜻 보면 약혼녀라기보다는 애인처럼 보였습니다. 입가에 끊임없이 미소를 머금으며 단순하면서 약간 나른해 보였지만 즉흥적 일탈을 위한 모임에는 제법 어울리는 여자였습니다.

일단 우리는 쉴 틈 없이 먹고 서로 웃고 떠들면서 기차를 타고 가까운 곳에 있는 조그만 호숫가로 갔습니다. 전력을 쏟았던 지난 몇 주 동안의 고생으로 쾌활하게 수다를 떨며 유쾌한 시간을 보내는 것을 멀리했던 터라 그 한 시간의 여정만으로 가볍게 쏘는 와인처럼 나는 이미 취해 있었습니다. 실제로 이들은 어린아이처럼 발랄한 행동으로 계속 내 머릿속에서 윙윙 맴돌면서 벌집처럼 어둡게 부풀어 올랐던 상념들을 완전히 털어낼 수 있게 해 주었습니다. 이제 야외로 나와서 여자와 달리기 시합도 해 보고 하니, 내 근육의 감각이 되살아나며 건장하고 근심 없었던 예전의 청년으로 되돌아갔습니다.

우리는 호숫가에서 노를 저을 수 있는 보트 두 대를 빌렸습니다. 선생님의 부인이 내 보트에, 다른 보트에는 대학 강사와 그의 여자 친구가 함께 앉았습니다. 보트가 출발하자마자 우리 사이에는 운동 경기처럼 서로 앞지르고 싶은 경쟁심이 일었습니다. 상대편 보트는 두 사람이 함께 노를 저었고 나는 혼자 노를 저었기 때문에 홀로 두 사람과 상대해야 하는 약점이 있었습니다. 그렇지만 경주에 익숙한 나는 웃옷을 벗어던지고 힘차게 노를 저어 순식간에 다시 큰 물결을 일으키며 옆 보트를 따돌렸습니다. 우리는 쉴 새 없이 이쪽저쪽 노를 저으며 서로 신나게 격려하는 구령을 하면서 상대방을 자극했습니다. 내리쬐는 7월의 뜨거운 태양 때문에 어느덧 땀이 온 몸에 흘러내리는 것도 아랑곳하지 않고, 노예선의 노예처럼 우리는 뜨거운 시합의 즐거움에 흠뻑 빠졌습니다.

드디어 목적지가 다가왔습니다. 우리는 나무로 둘러싸인 호숫가 작은 곳에 이르렀습니다. 그래서 더욱 광적으로 전력을 다했고, 경쟁 욕구를 불러일으킨 그 경주에 푹 빠져 함께 보트를 탔던 우리 모두는 승리를 기념하기 위해 보트 선체를 물가로 끌고 왔습니다.

보트에서 내리자, 몸은 후끈거리며 땀으로 뒤범벅이 되어 있었습니다. 익숙하지 않은 햇빛과 흥분하여 굽이치는 혈관의 소리에, 그리고 승리의 기쁨에 한껏 도취되었습니다. 심장이 가슴에서 방망이질을 해댔으며 옷은 땀에 젖어 몸에 찰싹 달라붙었습니다. 그 대학 강사도 나와 다를 바 없었습니다. 집념에 넘쳤던 우리 두 선수는 신난 두 여자들로부터 칭찬은커녕 실컷 놀림을 받았습니다. 둘 다 숨이 차서 헐떡였으며 몰골도 꽤나 우스웠기 때문이었지요.

결국 우리는 기운을 가라앉힐 겸 잠시 쉬는 시간을 갖기로 했습니다. 서로 농담을 주고받으며 즉석에서 남자 수영장, 여자 수영장, 두 구역을 나누었습니다. 숲의 오른편과 왼편이었습니다. 우리는 재빨리 수영복으로 갈아 입었습니다. 숲 뒤편에서는 하얀 속옷과 맨 살을 드러낸 팔들이 반짝거렸으며 우리가 채비하는 동안 두 여자는 벌써 물 속에서 신나게 첨벙거렸습니다. 혼자 두 사람을 상대로 이겼던 나보다 체력이 좀 남아 있던 그 대학 강사도 그녀들을 따라 물속으로 뛰어들었지만, 노를 젓느라고 다소 지친 나는 갈빗대에서 심장이 격렬하게 고동치는 느낌을 받았습니다. 그래서 나는 우선 그늘에 몸을 누이고 구름이 기분 좋게 내 몸 위로 떠다니는 것을 감상하면서, 피로감이 달콤하게 혈관 속으로 실려 가는 느낌을 관능적으로 만끽하고 있었습니다.

그런데 불과 몇 분 지나지 않아 물속에서 거칠게 외치는 소리가 들렸습니다.

"롤란트, 이리 와요! 수영 시합해요! 내기 수영! 내기 잠수 합시다!"

나는 꼼짝하고 싶지 않았습니다. 스며드는 햇빛에 살갗을 부드럽게 태우면서, 동시에 살랑살랑 스치는 바람에 시원함을 느끼며 이대로 천 년이라도 누워 있을 수 있을 것 같은 기분이 들었습니다. 그렇지만 또다시 웃음소리와 함께 대학 강사의 목소리가 들려왔습니다.

"저 친구, 파업하는군요! 우리가 따끔한 맛을 보여줘야 하겠는

걸! 저 게으름뱅이를 데려 오세요."

그리고 정말 가까이서 출렁거리는 소리가 들리는가 싶더니 그녀의 목소리가 바로 옆에서 들려왔습니다.

"롤란트, 이리 와요! 수영 시합해요! 저 두 사람에게 우리의 실력을 보여주자고요!"

나는 아무 대꾸도 하지 않았습니다. 그녀가 나를 찾도록 내버려 두는 것이 재미있었기 때문이었지요.

"어디 있어요?"

바로 근처에서 자갈 소리와 맨발의 발자국 소리가 들리더니 순식간에 그녀가 내 앞에 서 있었습니다. 젖은 수영복이 소년처럼 날씬한 몸매에 찰싹 달라붙은 모습이었습니다.

"여기 있었군. 참 굼뜨기도 하지! 이제 나가요. 이 게으름뱅이! 다른 사람들은 벌써 저쪽 섬까지 도착했어요."

나는 편안하게 누워 있으면서 느릿느릿 몸을 쭉 뻗었습니다.

"여기 있는 게 훨씬 좋아요. 난 나중에 갈게요."

"이 사람이 가기 싫대요!"

그녀는 물가 쪽으로 손짓하면서 웃으며 소리쳤습니다.

"그 허풍쟁이를 이리로 끌고 오세요!"

대학 강사의 목소리가 다시 크게 울러 퍼졌습니다.

"자, 가죠!" 그녀가 참지 못하겠다는 듯 재촉했습니다. "나를 웃음거리로 만들지 말아요."

하지만 나는 그냥 천천히 하품만 하고 있었습니다. 그러자 그녀는 장난으로 그리고 동시에 화를 내면서 나뭇가지에서 회초리를 꺾어 왔습니다.

"빨리 일어나요!"

그녀가 힘주어 다시 반복해 말했고 나를 일으켜 세우려고 내 팔을 한 대 때렸습니다. 그 때 내가 일어나면서 그녀와 심하게 부딪혔는지 피 같은 엷은 줄이 나의 팔뚝 위에서 빨갛게 흘러 내렸습니다.

"지금은 정말 가기 싫어요."

나는 반 농담으로 그리고 동시에 약간 짜증이 나서 이렇게 말했습니다.

그러자 그녀는 진짜 화가 나서 명령조로 말했습니다.

"가요! 당장 가자고요!"

내가 고집을 피우며 움직이지 않자 그녀는 다시 한 번 나를 치더니 이번에는 더 과격하게 심한 타격을 가하는 것이었습니다. 순간적으로 나도 화가 나 회초리를 뺏으려고 벌떡 일어났습니다. 그녀가 뒤로 물러났지만 나는 그녀의 팔을 움켜 잡았습니다. 서로 회초리를 뺏으려는 싸움에 빠져 본의 아니게 반나체인 우리의 몸이 서로 뒤섞였습니다. 내가 그녀의 팔을 잡고 강제로 회초리를 떨어뜨리기 위해 팔목을 비틀었고, 피하려는 그녀가 몸을 뒤로 젖혔을 때, 갑자기 무언가가 떨어지는 소리가 들렸습니다. 그녀의 수영복 어깨끈이 풀려 왼쪽 수영복 상의가 흘러내리는 바람에, 그녀의 가슴이 적나라하게 드러난 것입니다.

나는 꼼짝하지 못하고 얼굴이 빨개진 채 그녀의 가슴을 빤히 쳐다볼 수밖에 없었습니다. 무의식중에 그리로 시선이 간 것이었습니다. 불과 1초밖에 안 되는 짧은 순간이었지만 너무 당황스러웠습니다. 바들바들 떨리고 부끄러워서 움켜쥔 그녀의 손을 놓아버렸습니다.

그녀도 얼굴이 빨갛게 상기된 채 몸을 돌렸고 임시방편으로 머리핀을 뽑아 풀린 어깨끈을 묶어놓았습니다. 그 자리에 서 있었지만 무슨 말을 해야 할지 몰랐습니다. 그녀 역시 아무 말도 하지 못했습니다. 그리고 그 순간 이후로 우리 두 사람 사이에는 숨 막히고 질식할 듯한 불안이 생겨났습니다.

"여보세요! 여보세요! 두 사람, 어디 있는 거예요!"
작은 섬 앞에서 목소리가 울려 퍼졌습니다.
"예! 곧 갈게요!"
나는 서둘러 이렇게 대꾸하고 뜻하지 않은 혼란에서 벗어나게
된 것을 다행이라 여기며 물속으로 뛰어들었습니다. 몇 번이
고 물속으로 잠수해 몸을 쭉 뻗을 때마다, 도취의 희열과 동시
에 투명한 호수 물의 상쾌함과 서늘함을 느꼈고, 소용돌이치
는 위험한 피의 흐름이 강렬하고 밝은 쾌감을 통해 묵직하게
씻겨나가는 듯 했습니다.
나는 곧 두 사람을 따라 잡았으며 기력이 떨어진 대학 강사와
수영 경주를 해서 결국 그를 이겼습니다.
우리가 다시 곳으로 돌아오자 그곳에 머물러 있던 두 여자는
벌써 옷을 갈아입고 우리를 기다리고 있었습니다. 그녀들은
챙겨 온 바구니에서 먹을거리를 꺼내면서 야외에서 즐겁게 놀
준비를 하고 있었습니다. 우리 네 사람은 신나게 농담을 주고
받으며 흥겨운 시간을 보냈지만, 선생님 부인과 나, 두 사람은

부지불식간에 서로 말을 섞는 것을 피하고 있었습니다. 우리 두 사람은 서로를 건너 뛴 채 말하고 웃었습니다. 시선이 마주치면 무의식중에 같은 감정을 느끼며 황급히 시선을 피했습니다. 예기치 못한 사건이 가져온 고통이 여전히 느껴져서, 부끄러운 불안감으로 상대방의 기억을 느끼고 있었던 것입니다. 오후 시간은 보트놀이를 하느라 순식간에 흘러갔습니다. 하지만 뜨거운 열기는 점점 더 안락한 피로감으로 이어졌습니다. 와인과 더위, 그리고 빨아들일 것 같은 햇빛이 서서히 혈관 속으로 스며들어서 붉게 움직이기 시작했습니다. 대학 강사와 그의 여자 친구는 어느덧 친밀한 행동을 했고, 우리 두 사람은 그들의 애정 표현을 다소 고통스럽게 참아내야 했습니다. 그 두 사람은 점점 더 가까이 밀착되어 있었던 반면, 우리 둘은 예민하게 거리를 유지하고 있었습니다. 그러나 기분이 한껏 고조된 그 두 사람이 노골적으로 방해받지 않고 키스하기 위해 숲으로 사라지자 자연스레 짝으로 남게 된 것을 의식하지 않을 수 없었습니다. 따로 남게 된 우리의 대화는 일종의 껄끄러움으로 방해를 받았습니다.

다시 기차에 올라타고 나서야 네 사람 모두 만족할 수 있었습니다. 두 사람은 신혼부부처럼 저녁시간을 보낼 수 있을 것이라는 기대로, 나머지 둘은 마침내 이 어색한 상황에서 벗어날 수 있으리라는 기대로.

대학 강사와 그의 여자 친구는 우리를 집까지 바래다주었습니다. 그리고 우리 두 사람은 계단을 올라왔습니다. 집안으로 들어가자마자 나는 다시 고통스러움과 그리움이 뒤엉킨 채 선생님이 돌아왔는지 알고 싶었습니다.
'이제 그만 돌아오셨으면 좋겠는데!'
초조하게 이런 마음이 들었습니다. 그런데 크게 한숨을 쉬고 나자 그녀가 내 입에서 그 뜻을 읽기라도 한 듯 이렇게 말했습니다.
"그이가 왔는지 한 번 가 보죠."
우리는 안으로 들어갔습니다. 집은 조용했습니다. 그의 서재에는 모든 것이 그대로 있었습니다. 내 고조된 감정은 의기소침하면서도 비극적인 선생님의 형상을 무의식중에 텅 빈 의자 속에 그려 넣었습니다. 하나도 손대지 않고 그대로 놓여 있는 서류 뭉치들이 나처럼 주인을 기다리고 있었습니다.

그 때 다시 화가 치밀어 올랐습니다. 그는 왜 도망친 것일까? 대체 왜 나를 혼자 내버려 둔 것일까? 질투심 같은 분노가 점점 더 목구멍으로 솟구쳤으며, 그에게 나쁜 짓, 증오로 가득한 짓을 저지르고 싶은 어리석고 혼란스러운 충동이 다시 몽롱하게 출렁거렸습니다.

부인이 나를 뒤따라 왔습니다.

"저녁식사 때까지 여기 있을 건가요? 오늘은 혼자 있으면 안 돼요."

내가 아무도 없는 빈 방을, 계단이 삐걱거리는 소리를, 곰곰이 회상에 잠기는 것을 얼마나 두려워하는지 대체 그녀는 어떻게 알고 있었던 것일까요? 내가 생각하는 모든 것들, 말하지 않는 생각, 못된 충동까지도 언제나 그녀는 전부 눈치채고 있었습니다.

어떤 불안이 나를 엄습했습니다. 그것은 내 자신과 내 마음 속을 이리저리 돌아다니는 어지러운 증오심에 대한 불안이었습니다. 거부하고 싶었지만, 나는 비겁했고 단호하게 아니라고 말할 용기가 나지 않았습니다.

이전부터 나는 간통에 대해 불쾌함을 갖고 있었습니다. 그것은 고상함이나 정숙함에서 비롯된 완고한 도덕관념도 아니고, 어둠 속에서 도둑질하듯 다른 사람의 육체를 소유한다는 의미 때문도 아니었습니다. 그것은 거의 모든 부인들이 그 순간에 직면하면 자기 남편의 가장 은밀한 비밀을 폭로하기 때문이었습니다. 여자들은 남편을 배반하면서 그의 힘이나 약점에 관한 비밀같은, 남편의 가장 인간적인 치부를 몰래 훔쳐내서 낯선 남자에게 던져주는 델릴라(Delila, 구약성서에 나오는 여인으로, 삼손을 속여 그의 괴력의 비밀이 머리카락에 있음을 적들에게 알려주었다. - 옮긴이)가 됩니다. 내 생각에는 여자들이 다른이와 잠자리를 하는 것이 배반이 아니라, 그녀들이 언제나 자신을 합리화하려고 부끄러움을 숨겨 놓은 천을 들어 올려 남편의 국부가 드러나게 한 것이 배반입니다. 마치 잠들어 있는 상태에서 아무것도 모르는 남편을 낯선 사내의 호기심으로, 한껏 조롱의 대상이 되는 웃음거리로 만들어 놓은 것과 다를 바 없으니까요.

맹목적인 격분의 심정에서 비롯된 절망에 휩쓸려 헝클어져 있던 당시의 나는, 부인이 처음에는 단순히 동정심에서 그 다음에는 애정의 마음으로 껴안아 준 포옹 속으로 도피한 것도 아니었으며, - 운명적으로 그 감정은 다른 감정으로 급속히 바뀌었지만 - 지금도 나는 그 때의 그 감정을 내 인생에서 가장 비열한 짓이었다고 느끼지도 않습니다. 왜냐하면 그것은 의지와 상관없이 벌어진 일이었고 우리 두 사람은 알지도, 의식하지도 못한 채 불타오르는 심연 속으로 떨어졌기 때문입니다. 오히려 내가 스스로를 비열하다고 생각한 것은, 뜨거운 입맞춤을 통해 그녀가 선생님의 은밀한 속사정을 내게 말하게 만들고, 달아오른 부인으로 하여금 결혼 생활의 가장 비밀스러운 내용을 폭로하게 만들었다는 사실입니다.

그가 몇 년 동안이나 자신과 육체관계를 피했다고 그녀가 내게 말하도록, 그에 대해 어렴풋하게 암시하도록, 어째서 떨쳐내지 못하고 방관했던 것인지 모르겠습니다. 어째서 나는 그녀에게 남편의 비밀에 대해 말하지 말라고 강하게 제지하지 못했던 것일까요?

실은, 나도 선생님의 비밀에 대해서 알고 싶은 열망이 타올랐던 것입니다. 그 사람이 나와 그의 부인 그리고 모든 사람들에게 죄를 짓고 있다는 것을 확인 하고 싶은 갈망이 있었던 것입니다. 그래서 무시당하고 있다는 분노로 가득 찬 부인의 고백을 취한 듯 받아들였던 것입니다. 그녀의 고백은 그에게 버림받았다고 느낀 내 감정과도 너무 닮아 있었습니다. 우리 두 사람은 종잡을 수 없는 증오를 함께 느끼며 서로 사랑이라도 하는 듯 행동했던 것입니다.

하지만 우리의 육체가 서로를 격렬하게 탐닉한 반면, 두 사람 모두 또 다시, 그리고 언제나 오직 그 사람에 대해서만 생각하고 말했습니다. 그녀가 뱉은 말이 내게 상처로 박히기도 했으며, 스스로 혐오하던 것에 휩쓸려가는 내 자신이 부끄러웠습니다. 그런데도 내 몸 아래 있는 몸은 이제 이성을 잃고 육체의 본능적인 쾌락 속으로 격렬하게 빨려 들어갔습니다. 내가 가장 경외하는 사람을 배반한 그 입술위에 나는 몸을 떨며 키스했습니다.

다음 날 아침, 나는 구역질과 부끄러움 때문에 혀가 쓰라려 내 방으로 올라왔습니다. 그녀의 육체의 온기가 더 이상 나의 감각을 흐리지 못하게 된 순간부터, 나는 밝은 현실과 배반의 불쾌함을 느꼈습니다. 두 번 다시, 두 번 다시 그 사람 앞에 다가설 수 없다는 것, 결코 그의 손을 잡을 수 없으리라는 것을 알았습니다. 나는 그 사람에게서가 아니라 나에게서 가장 귀한 것을 훔쳐 버리고 말았던 것입니다.

이제 내가 갈 길은 하나밖에 없었습니다. 그것은 도망이었습니다. 열에 들뜬 듯 짐을 모조리 챙겼습니다. 책을 한데 묶고 나서 주인 할머니에게 방값을 계산했습니다.

'그 사람이 더 이상 나를 찾으면 안 돼. 그가 내게 그랬던 것처럼 나도 똑같이 알 수 없는 비밀을 가지고 사라져 버려야 해.'

그러나 한창 열심히 짐을 챙기고 있던 중, 갑자기 손이 뻣뻣해짐을 느꼈습니다. 나무 계단이 삐걱대는 소리, 계단 위로 올라오는 발걸음 소리가 들린 것입니다. 그것은 그의 발걸음 소리였습니다.

나는 그만 사색이 되고 말았습니다. 들어오자마자 선생님도 깜짝 놀랐습니다.

"자네, 무슨 일이야? 어디 아픈가?"

나는 뒷걸음질 쳤습니다. 그가 가까이 다가와 나를 부축했을 때, 나는 그만 피하고 말았습니다.

"어떻게 된 거야?" 놀라면서 그가 물었습니다. "무슨 일이 생긴 거야? 아니면... 그것도 아니면... 아직도 나한테 화가 풀리지 않은 거야?"

몸을 부들부들 떨면서 나는 창가 쪽으로 천천히 걸어갔습니다. 그의 얼굴을 차마 쳐다볼 수가 없었습니다. 동정하듯 따스한 그의 목소리가 나의 마음의 상처를 후벼 놓았습니다. 수치심이 의지와는 상관없이, 그러나 뜨겁게, 아주 뜨겁게 타올라 달아오르면서 작열하듯 치솟아 쏟아지는 것을 느꼈습니다. 그 역시 놀라 어쩔 줄 모른 채 마냥 우두커니 있었습니다. 그리고 갑자기 - 그의 목소리는 아주 작고 소심하게 눌려 있었습니다. - 이상한 질문을 속삭였습니다.

"혹시 누가 자네한테... 자네한테... 나에 관해 말했나?"

나는 그의 몸 쪽으로 방향을 틀지 않은 채 부인하는 몸짓을 했습니다. 그렇지만 그는 왠지 모르게 근심스러운 생각에 사로잡힌 사람처럼 집요하게 되물었지요.

"내게 말해 줘.... 나한테 털어놔 줘... 누가 나에 대해 이야기한 적이... 누가 그런 적이 있었는지를... 말한 사람이 누구인지 묻는 게 아니란 말일세."

나는 또 다시 고개를 가로저었습니다. 그는 어쩔 줄 몰라 하면서 서 있었습니다. 하지만 갑자기 그는 내 트렁크가 꾸려져 있고 책들이 한데 쌓여 있으며 자신이 막 왔기 때문에 떠날 채비를 하다 중단한 상태였음을 눈치 챈 것 같았습니다. 격앙된 표정으로 그가 바짝 다가섰습니다.

"떠나려 하는구나. 롤란트. 보니까 그렇군... 내게 사실을 말해 주게."

나는 벌떡 몸을 일으켜 세웠습니다.

"그만 떠나겠습니다... 죄송합니다... 하지만 자세한 사정은 말씀드릴 수 없습니다... 선생님께 편지를 올리겠습니다."

그 이상은 목이 메어 말이 잘 나오지 않았고, 한 마디 한 마디 말할 때마다 심장이 두근거렸습니다.

선생님은 꿈쩍 않고 그냥 서 있었습니다. 그러더니, 순식간에 피곤해 보이는 그전의 모습으로 돌아왔습니다.

"차라리 그게 더 나을지도 모르지. 롤란트... 맞아. 그게 더 나을 거야... 자네를 위해서나 모두를 위해서. 그렇지만 떠나기 전에 자네와 한 번 더 대화를 나누고 싶군. 우리에게 익숙한 7시에 와 주게... 작별 인사는 해야지. 남자 대 남자로서 말일세. 자네 자신으로부터 도망치지 말고, 편지 같은 것도 쓰지 말게...

그건 유치하고 우리답지 못한 것 같네... 내가 자네에게 말하고 싶은 것은 글로 남길 수 없어... 그럼 오는 거지? 그렇지?"

나는 그저 고개만 끄덕였습니다. 내 시선은 여전히 창문 쪽을 떠나지 않았습니다. 그러나 아침의 밝은 햇살은 더 이상 눈에 들어오지 않았고, 나와 세상 사이에는 두텁고 어두운 베일이 드리워져 있었습니다.

7시 정각에 나는 마지막으로 그리웠던 그 공간으로 발을 들여 놓았습니다. 커튼 때문에 좀 이른 어두움이 여명을 드리웠고, 서재 깊은 곳에서 대리석상의 매끄러운 돌은 반질반질 빛나고 있었으며, 책들은 진주 빛처럼 반짝이는 유리 뒤에서 잠들어 있었습니다. 그곳은 말이 나에게 마술을 부려서 어디에서도 느끼지 못한 도취와 황홀을 경험하게 해 준, 추억이 깃든 비밀의 장소였습니다.

'이별의 순간에도 여전히 나는 선생님을 바라봅니다. 의자의 등받이에서 천천히, 천천히 몸을 일으켜 그림자를 드리우며 내게 다가 왔던 존경스러웠던 당신의 모습을 난 언제나 떠올릴겁니다.'

설화석고의 등불처럼 어둠 속에서 그의 이마만이 반짝반짝 빛나고 있었습니다. 이마 위에는 흩날리는 연기같은 흰 머리카락이 굽이치고 있었습니다. 그는 손을 간신히 들어 올려 나의 손을 찾았으며, 그의 눈이 진지하게 나를 바라보고 있음을 느꼈습니다. 어느덧 나의 팔을 부드럽게 감싸며 그는 나를 그의 의자로 이끌었습니다.

"앉게. 롤란트. 그리고 명료하게 이야기하지. 우린 남자니까 솔직해야지. 자네에게 부담을 주고 싶진 않네. 그렇지만 우리 사이에 마지막 순간을 아주 완전하고 명백하게 정리하는 게 낫지 않겠나? 그러니까 말해보게. 왜 떠나려 하는지? 내가 터무니없이 자네를 모욕해서 화가 난 건가?"

나는 몸짓으로 그렇지 않다고 말했습니다. 여전히 그가, 사기당하고 배신당한 것은 그 사람 인데도 그 책임을 자신에게 돌리려 하는 것을 보자 너무 가혹하다는 생각이 들었습니다.

"그렇지 않다면, 내가 의식적으로든 무의식적으로든 자네에게 무례하게 대한 적이 있었나? 내가 여러 차례 유별나게 행동한 것을 잘 알고 있어. 내 뜻과 달리 자네에게 화를 내고 자네의 마음을 상하게 했지. 자네가 동참해 준 모든 일에 대해 충분히

고맙다고 한 적도 없었어. 나도 알아. 알고말고. 내가 자네에게
상처를 준 것도 알고 있었다네. 그것이 이유인가? 내게 말해줘.
롤란트. 난 우리가 당당하게 이별하길 바라고 있어."

나는 다시 고개를 가로저었습니다. 차마 말할 수 없었던 것입
니다. 그의 목소리는 여전히 단호했지만 이제 약간 흔들리기
시작했습니다.

"그럼... 다시 한 번 묻겠는데... 누가 자네한테 나에 대해 이런
저런 말을 한 적이 있나? 예컨대 자네가 천박하거나... 혐오스
럽게 느낄 그런 내용... 혹 자네가... 나를 경멸스럽게 생각할만
한 그런 이야기 말이야."

"아니에요! 아니라고요!... 정말 아닙니다!"

흐느끼듯 나는 항의 했습니다. 내가 그를 무시하다니! 어떻게
내가 그를!

그의 목소리는 이제 완전히 조급해졌습니다.

"그러면 무엇 때문에? 그밖에 다른 사정이라도 있는 거야? 작
업 때문에 피곤했나? 아니면 뭔가 다른 것에 이끌린 건가? 여
자... 혹시 여자 때문이야?"

나는 아무 말도 하지 않았습니다. 그런데 이번 침묵은 좀 달랐

고, 그는 자신이 물었던 내용을 내가 인정한다고 느꼈을 것입니다. 그는 가까이 다가와서 아주 낮은 소리로, 흥분이나 분노를 전혀 섞지 않은 채 내게 속삭였습니다.

"여자 때문이지...? 내 아내인가?"

여전히 나는 침묵을 지켰습니다. 그리고 그는 알아 차렸습니다. 온 몸에 전율이 번졌습니다. 아마 이제, 이제 그가 폭발해서 나를 공격하겠지. 가격하며 매질을 하겠지. 그리고... 차라리 그가 도둑이자, 배신자인 나를 흠씬 두들겨 패고, 못된 개처럼 나를 실컷 때려서 쫓아내 주기를 오히려 갈구하게 되었습니다.

그런데 정말 이상하게도 그는 아주 조용히 그대로 있었습니다. 그리고 생각에 잠겨 혼잣말을 했는데, 마치 마음이 놓인다는 듯한 어조가 배어 있었습니다.

"그럴 수도 있겠다는 생각은 했네."

그는 서재에서 두 차례나 왔다 갔다 했습니다. 그리고 내 앞에 서서 경멸하는 것처럼 느껴지는 어조로 말했습니다.

"그런데 그걸... 그걸 그리 심각하게 받아들인다는 건가? 내 아내가 자네에게 말하지 않던가? 그녀는 자신이 원하는 것은 자유롭게 한다고, 나는 그녀에게 아무런 권리가 없다는 말을... 나는 내 아내에게 무엇이든 하지 말라고 할 권리가 없지. 그리고 그렇게 하고 싶은 마음도 전혀 없어... 그런데 대체 무엇 때문에 그녀가 어느 사람을 사랑하는 마음을 억제할 필요가 있겠어? 하물며 자네에게... 자네는 젊고 밝고... 미남이지... 그리고 자네는 우리와 가까이 있지 않았는가...? 어떻게 내 아내가 자네를 사랑하지 않을 수 있겠어? 자네같이 잘생기고 젊은 친구를, 어찌 사랑하지 않을 수 있어... 나는..."

갑자기 그의 목소리가 떨리기 시작했습니다. 그가 몸을 바싹 숙이고 내게 가까이 다가왔기 때문에, 숨소리가 느껴질 정도였습니다. 또다시 그의 눈빛이 나를 따뜻하게 감싸고 있음을 느꼈습니다. 그 이상한 빛... 그와 나 사이에만 존재하는 기이하고 특별한 순간, 그는 내게 더 바짝 다가섰습니다.

그리고 그는, 입술이 거의 움직이지 않을 정도로 나지막하게 속삭였습니다.

"나도... 나도 자네를 사랑하고 있네."

그 순간 나는 벌떡 일어났습니다. 아니면 나도 모르게 놀라 뒷걸음질쳤는지도 모릅니다. 아무튼 그가 밀쳐 당겨진 사람처럼 비틀거리며 뒤로 물러난 것으로 보아 내 몸에서 어떤 놀라움과 도망의 몸짓이 튀어나온 것은 틀림 없었습니다. 그의 얼굴에 어두운 그림자가 드리워졌습니다.

"나를 경멸하는 건가?"

그가 낮은 소리로 물었습니다. "지금 내가 역겹게 느껴지나?" 어째서 그 때 나는 한 마디 말도 하지 못했던 걸까요? 사랑하는 그에게 다가가 허망한 근심을 없애주는 대신, 어째서 그저 말없이 매정하게 어쩔 줄 몰라 무감각한 상태로 그저 앉아만 있었을까요?

하지만 내 머릿속에는 모든 기억들이 격렬하게 요동치기 시작했습니다. 마치 암호 하나가 별안간 도저히 이해할 수 없던 보고서의 말을 한번에 풀어준 것 같은 느낌이었습니다. 그래서인지 지금, 애정을 갖고 그가 찾아 왔던 것이나 무뚝뚝하게 변명했던 일이 무서울 정도로 명료하게 이해되었고, 그날 밤의 놀라운 방문과, 도취된 나의 열정을 언제나 완강하게 회피했던 이유를 비로소 알게 되었습니다.

사랑, 나도 언제나 그에게서 사랑을 느끼고 있었습니다. 다정하고 수줍게, 순식간에 흘러내렸다가 순식간에 다시 완강하게 가로막던 그 사랑, 스치듯 내게 떨어진 모든 빛 속에 서린 그 감정을 나는 사랑하고 또 사랑했습니다. 그런데 수염 아래있는 그의 입술에서 관능적이고 애정 어린 음성으로 사랑이라는 말이 새어 나오자, 달콤하면서도 무시무시한 전율이 나의 관자놀이에 파고 들었습니다. 그리고 그에 대한 겸허함과 동정이 극렬하게 타올랐지만, 불시에 습격을 당한 젊은 나로서는 전혀 예상치 못하게 내게 털어놓았던 그의 정열에 대해 아무 응답도 할 줄 몰랐습니다.

자포자기 심정으로 앉아서 그는 나의 침묵을 그저 바라만 보고 있었습니다.

"자네도 그것이 두렵단 말이군... 그렇게도..." 그는 중얼거렸습니다.

"자네도 날 용서하지 않는군. 자네도 역시, 내가 입술을 깨물고 거의 질식할 정도로... 어느 누구 보다도 더 감정을 숨겨왔던 그 사실에 대해... 용서할 수는 없겠지... 그렇지만 자네가 지금 알았다는 게 다행이네. 이제 더 이상 고통으로 죽을 것 같지는 않으니까... 그동안 너무 숨이 막혔어... 아, 너무 너무 심했어...

이렇게 말하지 않고 숨기는 것보다는 훨씬 낫네. 훨씬 나아..."
이 얼마나 슬픔과 애정과 부끄러움으로 가득 찬 말입니까? 떨리는 그의 음성이 나의 폐부 깊은 곳까지 파고들었습니다. 나는 그 어떤 사람들에게서 받은 것보다 훨씬 더 많은 것을 그에게서 받았는데, 터무니없이 스스로에 대한 모멸감에 사로잡혀 있는 그 사람 앞에서 그토록 그를 차갑고 무감각하며 냉랭하게 대하는 나 자신이 한없이 부끄러웠습니다. 그에게 위로의 말을 하고 싶은 마음이 불붙었지만, 떨리는 입술은 단어를 떠올리지 못했습니다. 당황스럽고 참담한 심정으로 위축된 나는 안락의자에 웅크리고 앉아 있었습니다. 그는 거의 화를 내듯 나를 재촉했습니다.

"그렇게 앉아 있지만 말아줘. 롤란트. 왜 그렇게 지독하게 입을 열지 않는 거야... 마음을 가라앉히게... 그게 정말 그렇게 두렵단 말인가? 자네는 내가 그렇게 부끄러운가?... 이제 모든 게 끝났네. 자네에게 할 말은 다 했어... 두 사람 다 남자답게, 친구답게, 최소한 품격 있게 작별하도록 하세."
그런데도 여전히 나는 스스로를 제어할 기력이 없었습니다. 그가 나의 팔을 어루만졌습니다.

"이리 오게. 롤란트. 내 곁에 앉아!... 자네가 알게 되어서, 드디어 우리 두 사람 사이가 명확해져서 마음이 가벼워졌네... 처음에는 항상 두려운 생각이 들었다네. 내게 자네가 얼마나 사랑스러운 사람인지 자네가 눈치챌까봐 말일세... 그러면서도 나는 또 바라곤 했어. 내가 굳이 털어놓지 않아도 자네가 스스로 알아차리기를 말이야... 하지만 어차피 일이 이렇게 되었으니 후련하네... 이제는 그 누구한테도 못했던 이야기를 자네에게 말 할 수 있어. 최근 몇 년 동안 자네가 어느 사람보다 나와 가깝게 지냈으니까 말이야... 그 누구보다 나는 자네를 사랑했어... 그 누구보다 자네는 나의 삶의 궁극적인 성과를 만들어 주었지... 그러니 작별할 때에도 나에 관해 어떤 다른 이보다 자네가 더 많이 알아야 하네. 나는 어느 순간에나 자네의 질문을, 무언의 그 질문을 아주 또렷하게 느끼고 있었다네... 당연히 오직 자네만이 나의 모든 삶을 알아야 해. 내가 자네에게 하는 이야기를 들어 주겠나?"

그는 나의 눈빛에서, 혼란스러워 하면서 흔들리는 내 눈빛에서 수긍하는 내 뜻을 읽었습니다.

"그러면 가까이 와... 이쪽으로 나한테 오게나... 그 이야기를 큰 소리로 말 할 수는 없지 않은가."

나는 숙연하게 고개를 숙였습니다. 귀를 기울이면서 마주보며 앉자마자 그는 다시 일어섰습니다.

"아냐, 그렇게 하면 안 돼... 자네가 나를 쳐다보면 안 돼... 그러면... 그러면... 내가 말을 할 수 없어."

그는 재빨리 불을 껐습니다. 어둠이 우리를 엄습했습니다. 그와 가까이 있다는 것을 느꼈습니다. 무겁고 거칠게 내는 숨소리가 들렸습니다. 그리고 우리 사이에서 하나의 음성이 흘러나왔습니다. 그가 살아온 삶에 대해 전부 말하기 시작한 것입니다!

가장 존경하는 그 남자가 딱딱한 조개 같은 자신의 운명을 나에게 털어놓던 그 날 저녁 이후로, 즉 40년 전 그날 밤 이후로, 수많은 작가와 시인들이 책 속에 특별한 이야기라고 써놓은 내용과 무대에서 배우들이 비극적인 것이라고 연기한 내용들이 내게는 여전히 유치하고 평범하게 느껴집니다. 작가와 배우들 모두, 감각이 규칙적으로 드러난 빛나는 인생의 화려한 단면만을 늘 보여주고 있는 것은 안이함 때문일까요? 비겁함 때문일까요? 그도 아니면 혜안이 부족하기 때문일까요?

환상적이지만 위험한 정열의 야수가 몸을 반짝이며 평소에는 마음의 가장 밑바닥, 그 깊은 뿌리의 허공, 그 깊은 물결 속에 은밀하게 숨어 있다가, 기괴한 유혹을 계기로 서로 짝을 이루어 연결되거나 흩어지거나 하는 것일까요?

뜨겁게 삼켜버릴 것 같은 악마적인 충동의 숨결, 들끓는 피의 연기가 그들을 놀라게 했는지도 모릅니다. 혹은 인간의 악성 종양에 접촉하기에는 너무도 연약한 손은 더럽혀질 수도 있음이 두려웠을 것입니다. 아니면 몽롱한 밝은 빛에 익숙해진 그들의 눈빛은, 썩어서 미끄럽게 변한 추악한 계단 아래를 차마 위험해서 보지 못하는 것인지도 모르겠습니다.

그러나 알고 있는 사람에게는 감춰져 있는 것만큼 더 호기심을 자극하는 것도, 서늘하게 퍼져 있는 위험한 기운만큼 강하게 전율을 불러일으키는 것도, 수치심에도 불구하고 드러 낼 수밖에 없는 고통보다 더 성스러운 것도 없는 법입니다.

그런데 여기, 한 인간이 완전히 벌거벗은 채 내게 자신을 드러 냈습니다. 자신의 가슴 속 깊은 곳, 완전히 부서지고 망가지고 연소되고 곪아터진 심장을 기꺼이 노출시킬 준비를 하고 있었던 것입니다. 지난 몇 년 동안 억눌려 온 격렬한 욕망이 고백 속에서 스스로를 채찍질하듯 그를 괴롭히고 있었습니다. 평생 부끄러움을 느끼면서 몸을 감추며 살았던 사람이, 가차 없는 그 고백 속으로 취한 듯 강력하게 뛰어들었던 겁니다.

여기, 한 인간이 그의 삶을 자신의 가슴에서 한 조각 한 조각 떼어냈습니다. 그 순간 소년이었던 나는 이 세상의 감정이 헤아릴 수 없을 만큼 깊다는 것을 처음으로 똑똑히 응시할 수 있었습니다.

처음에는 그의 목소리가 흐릿한 흥분의 연기, 비밀로 가득한 사건의 불확실한 해석처럼 허공 속에서 실체없이 흔들리고 있었습니다. 그러나 곧 열정이 간신히 억제당하는 것을 봄으로써, 곧 다가올 그 열정의 힘을 느낄 수 있었습니다. 마치 급격한 리듬이 터지기 전에 박력 있지만 느릿느릿한 박자가 먼저 흘러 나오는 것처럼, 신경계에서 먼저 격정이 느껴졌습니다. 그리고는 열정의 내면적인 폭풍 속에서 흔들리며 솟구치던 형상들은, 비로소 서서히 밝아지며 타오르기 시작했습니다.

가장 먼저 내가 본 것은 한 소년, 수줍어하고 잔뜩 움츠린 어떤 소년의 모습이었습니다. 그 소년은 친구들에게 말을 걸 용기조차 없었지만 육체적인 끌림으로 혼란스러운 욕망에 사로잡혀 학교의 미소년들에게 열정적인 충동을 느꼈습니다.

그렇지만 그 소년이 지나치게 애정을 보이며 접근해 오자 한 소년이 심하게 격분하며 매몰찬 거절로 그를 내쳐버렸습니다. 다른 학생은 소름끼치도록 노골적인 표현으로 그를 조롱했으며 급기야는 화를 냈습니다. 뿐만 아니라 이 두 학생은 소년의 욕망을 다른 친구들에게 폭로하고 말았습니다. 순식간에 조롱과 모욕으로 점철된 만장일치의 비밀재판이 혼란에 빠진 그를 나병 환자처럼 그들의 밝은 공동체에서 추방시켜 버렸습니다. 매일같이 학교에 가는 것이 그에게는 고난의 행로였습니다. 자신에 대한 혐오로 가득한 밤은 너무 일찍 낙인찍힌 소년에게는 혼돈의 시간이었습니다. 추방당한 그에게는 비정상적인 자신의 욕구, 처음에는 오직 꿈속에서만 뚜렷하게 느껴지던 그 욕구가 미친 짓이자 파렴치한 음욕으로 느껴진 것입니다.

이야기를 하는 그의 목소리가 불안하게 떨렸습니다. 순간 그 목소리는 어둠 속으로 사라져 버릴 것만 같았습니다. 하지만 한숨을 내쉰 후, 목소리는 다시 솟구쳐 올랐으며 흐릿한 연기

속에서 이제 새로운 형상들이 나란히 그림자처럼, 유령처럼, 흔들리며 타오르기 시작했습니다.

소년은 베를린에서 대학생이 되었습니다. 어두운 도시는 그가 오랫동안 억제해 왔던 욕정을 처음으로 채워 주었습니다. 그렇지만 어두운 길거리에서, 역과 다리의 그늘진 곳에서의 만남은 또한 얼마나 역겹고 불안했겠습니까? 출렁이는 그 욕구는 또 얼마나 가련했으며, 늘 도사리고 있던 위험은 얼마나 무서웠을까요? 대개는 처량하게도 그런 만남은 갈취로 끝맺음되었으며 일주일 내내 끈끈한 뱀의 흔적마냥 차가운 두려움이 그를 따라다녔습니다. 그것은 어두움과 빛 사이에 난 지옥의 길이었습니다.

공부에 전념하던 밝은 낮에는 투명한 정신의 연구자로서 깨끗하게 정화된 시간을 보내는 반면, 저녁에는 도시 인근의 추잡한 곳으로 또 다시 욕정을 밀어 넣었습니다. 그는 경찰관의 헬멧을 피해 평판이 좋지 않은 지역에 있는, 비굴하게 히죽거리는 이들에게만 가게 문을 활짝 열어주곤 했던 비밀 맥주 집으로 빠져들곤 했던 것입니다.

낮 동안에는 흠 잡히지 않도록 대학 강사로서 근엄하고 품위 있는 행동을 유지하지만, 매일매일의 이중적인 면모를 조심스럽게 숨기려면, 메두사의 비밀을 낯선 사람들의 시선에서 은폐하려면, 밤이 되어 어둠 속에서 깜박이는 가로등 아래 지하 세계에 갇힌 수치스러운 모험을 남모르게 감행하려면, 강철같이 단단하고 굳은 의지를 단련해야 했습니다.

고통을 당하는 자는 계속 긴장하면서, 자기 억제의 회초리를 들고 일상의 길에서 벗어나려는 열정을 울타리로 몰아넣어야 했습니다. 충동이 자꾸만 그를 어둡고 위험한 곳으로 끌고 갔기 때문입니다. 치유할 수 없는 욕정의 힘, 보이지 않는 자석같은 그 힘에 맞선 신경을 갉아먹는 혈투가 10년, 12년, 15년 동안 계속되었고, 그건 하나의 경련과도 같은 팽팽한 긴장의 연속이었습니다. 즐거움 없는 향락, 숨 막힐 것 같은 부끄러움, 자신의 정열에 대한 수치심은 서서히 어두워지며 그 눈빛을 감추기에 이르렀습니다.

너무 늦었지만, 그는 서른 살에 이르러 마차를 평범성의 궤도 위로 끌고 가려고 온 힘을 쏟아 노력한 적이 있었습니다. 친척을 통해 자신의 아내가 될 사람을 만난 것입니다. 그 젊은 여성은 비밀이 많은 그의 인물됨에 막연하게 매력을 느꼈으며 진실한 애정의 감정으로 그를 대했습니다. 그리고 소년 같은 그녀의 육체와 젊고 활기찬 행동이 그의 정열을 처음으로 잠시 동안이나마 가라앉혀 주었습니다. 잠깐 동안의 교제가 여성적인 것에 대한 거부감을 억눌러 주었으며 처음으로 그는 그 앞에 무릎을 꿇었습니다.

그리고 그는 이러한 관계를 통해 자신을 위험으로 이끄는 그릇된 징후를 막을 방법을 처음으로 찾았다고 생각했습니다. 그것을 꽉 움켜잡을 수 있으리라는 희망으로 - 미리 모든 것을 고백한 후에 - 그는 그 젊은 여인과 서둘러 결혼했습니다. 이제 그는 끔찍한 땅으로 되돌아갈 퇴로를 봉쇄한 것으로 생각했습니다.

결혼 후 몇 주 동안은 아무 걱정이 없는 듯했습니다. 그러나 새로운 자극은 별로 효과가 없었고, 또다시 원초적인 욕망이 고집스럽고 강렬하게 솟아올랐습니다. 그때부터 환멸의 대상이 된 그의 부인은 또 다시 재발한 그의 욕정을 숨기기 위한 장식품에 불과했습니다. 그리고 그는 또다시 법과 사회의 아슬아슬한 언저리에서 위험한 어둠 속 아래로 내려가기 시작한 것입니다.

마음속의 혼란으로 이어진 특별한 고통이 더 있었습니다. 그러한 욕정이 저주가 되는 직책에 그가 선임된 것이었지요.

대학 강사로 활동한 지 얼마 되지 않아 좋은 대우를 받는 교수가 됨으로써 그는 직업적인 의무 때문에 젊은 학생들과 계속 접촉해야 했습니다. 그에게 그것은 유혹이었습니다. 프로이센의 법 조항 안의 눈에 보이지 않는 김나시온(Gymnasion, 독일의 인문계 중등학교인 김나지움의 어원으로서 고대 그리스의 체력 단련장을 일컫는 말 - 옮긴이)에서 온 새로운 청춘의 꽃들, 그 젊은 이들의 숨소리가 들릴 듯 가깝게 그에게 다가왔던 것입니다. 그러나 이 청년들은 모두, 가르치는 사람의 가면 뒤에 숨겨져 있는 에로스의 얼굴을 알아차리지 못한 채 - 그것은 새로운 저주, 새로운 위험이었지요! - 그를 열렬히 추앙했습니다. 이들은 교수의 손이 호의로 그들 몸에 닿으면 기뻐했고 그에 대한 감격을 한껏 드러냈지만, 정작 그는 젊은이들에 대해 느끼는 감정을 억제하며 스스로를 억눌려야만 했습니다. 그것은 약점을 안은 채 영원히 끝나지 않는 싸움 속에서 밀려드는 욕정에 끊임없이 가혹하게 부딪히는 탄탈로스(신들의 사랑을 독차지 했지만 교만에 사로잡혀 신들을 시험한 죄로 평생 갈증에 시달리는 형벌을 받는 그리스 신화 속 인물 - 옮긴이)의 고통이었습니다. 유혹에 거의 굴복할 것 같다고 느낄 때면 항상 그는 갑작스레 도망쳤습니다. 번개처럼 사라졌다가 다시 나타나서 당시의 나를 당황스럽게 만들곤 했던 도피가 바로 그런 것이었지요.

그때 나는 그 도피의 끔찍한 경로를, 후미진 거리와 밑바닥 심연 속 도피를 보았습니다. 그는 항상 대도시로 길을 떠났는데 그 곳 외딴 지역에서 예전에 알던 사람을 만났으며, 미천한 신분의 사람들과 접촉했습니다. 거룩하고 헌신적인 사람들과 다른, 더럽고 음탕한 젊은이들과의 교류였습니다.

학교로 되돌아와 자신을 믿고 따르는 학생들 속에서 정신을 다시 침착하고 분명하게 가다듬기 위해서 그에게는 이러한 혐오스러움과 방탕, 불쾌함, 환멸로 가득 찬 독성(毒性)을 부식시키는 일이 절실히 필요했습니다. 아, 그 만남들이 과연 어떤 모습이었을지!

그의 고백이 불러낸 모습은 정녕 무시무시하고 악취로 가득한 속세의 형상이었습니다! 형식의 아름다움을 태생적으로 호흡해야만 했던 이 고귀한 정신적인 인간, 모든 감정의 순수한 거장이 가장 추잡한 사람들만 드나드는, 담배 연기 자욱하고 어두침침한 싸구려 술집에서 세상에서 가장 비천한 인간들과 만난 것입니다. 그는 진하게 화장한 채 길거리를 떠도는 젊은 여자들의 뻔뻔한 요구, 향수 냄새를 진하게 풍기는 이발사 조수의 달콤한 친밀함, 여자 옷을 걸친 변태적인 복장 도착증 환자들의 자극적인 웃음소리, 놀고 있는 배우들의 무분별한 돈에 대한 탐욕, 담배를 씹어대는 선원들의 상스러운 애정 행각을 모조리 겪었습니다. 타락의 길에서 떠도는 사람들만이 서로를 찾고 또 만나는 기형적이고 불안한, 뒤틀린 환상의 형식을 그는 도시의 가장 밑바닥 변방에서 경험했던 것입니다.

미끄러운 그 길 위에서 그는 온갖 모욕, 수치, 폭력들과 마주했습니다. 시계와 겉옷까지 남김없이 다 빼앗긴 적도 여러 차례였으며(마구간 시종과 드잡이하기에 그는 너무 약했고 너무 고상했기 때문입니다.) 불결하기 그지없는 외곽 도시의 숙소에 함께 묵었던 주정뱅이로부터 조롱당하고 돌아온 적도 있었습니다. 공갈범들이 끈질기게 따라온 적도 있었습니다. 어떤 인간은 몇 개월을 두고 한 발 한 발 대학 안까지 그를 쫓아와서 뻔뻔스럽게도 수강생들의 맨 앞자리에 자리 잡고 앉아 비열한 웃음을 지으며 온 도시가 다 알고 있는 그의 얼굴를 빤히 쳐다보기도 했습니다. 그럴 때면 그는 평소처럼 눈을 깜빡였지만 몸을 바르르 떨면서 마지막 힘을 쏟아 간신히 강의를 마쳤습니다.

한번은 - 그가 이 사건을 내게 고백했을 때 심장이 멎는 것만 같았습니다 - 베를린에서 평판이 좋지 않은 술집에서 한밤중에 어느 패거리와 함께 경찰에 끌려간 적이 있었습니다. 지식인을 향해 큰 소리 칠 기회를 얻은 불그레하고 수염이 덥수룩한 뚱보 경찰관은 배를 불쑥 내밀고 말단 관리 특유의 조롱하는 비웃음을 띠었습니다. 그 경찰관은 떨고 있는 그의 이름과 신분을 기록하더니 자못 큰 은총을 베풀었음을 넌지시 암시하면서 이번에는 처벌하지 않고 풀어주겠지만 다음부터는 그를 범죄자 목록에 올릴 것이라고 말했습니다.

오랫동안 싸구려 술 냄새로 찌든 골방에 처박혀 있던 사람의 옷에서 냄새가 배어나듯이, 출처는 분명치 않지만 서서히 그 도시에서도 소문이 번지기 시작했습니다. 강의실에 그에 관한 이야기가 파다하게 퍼졌고, 동료들 사이에서도 그에 관한 말과 그에게 건네는 인사가 점점 더 자극적인 어투가 되어 그를 소름끼치게 만들었습니다. 결국 유리벽같이 투명한 공간이 언제나 혼자였던 그를 모든 사람들로부터 격리시켰습니다. 일곱 겹으로 둘러싸인 집에 파묻혀 있으면서, 그는 스스로 여전히 감시당하고 파헤쳐진다고 느꼈습니다.

그토록 고통스럽고 불안한 마음은 순수한 친구나 고상한 사람들의 위안이나, 남성적인 애정에 대한 보답을 받은 적이 한 번도 없었습니다. 그는 자신의 감정을 항상 높은 곳과 낮은 곳으로 구분해 놓아야 했습니다. 즉 동경의 대상이었던, 정신적인 관계를 맺고 있는 대학의 젊은 친구들과의 다정한 관계와, 아침에 정신이 들 때마다 몸서리치곤 하는, 어둠 속에서 배회하는 친구들과의 관계로 이분하지 않으면 안되었던 것입니다. 이제 나이가 든 그는 감성이 풍부한 젊은이의 순수한 애정이라는 선물을 단 한 번도 받아본 적이 없었으며, 빽빽한 가시덤불 속에서 헤매느라 생의 기력이 다해 환멸감으로 지쳐버린 채, 체념한 상태로 파묻히게 되었다고 스스로 생각하기에 이르렀습니다.

바로 그 때 다시 한번, 한 젊은이가 그의 삶 속으로, 그에게 정열적으로 다가 온 것입니다. 이 젊은이는 뜨거운 말과 더불어 자신을 헌신하였습니다.

도저히 기대하지 않았던 그러한 기적 앞에서 그는 너무도 놀라서, 그토록 순수한 선물, 부지불식간에 받게 된 그 선물이 자신에게 어울리지 않은 것은 아닐까라는 의심으로 멍하니 서 있었습니다. 청춘의 전령이 또다시 찾아온 것입니다.

게다가 그 전령은 아름다운 용모와 열정적인 정신의 소유자로서, 정신의 불꽃으로 그의 마음에 불을 붙여주었으며, 그의 위험성을 느끼지 못한 채 그의 사랑을 갈구하면서 마음의 유대감을 통해 애정으로 묶여 있었습니다.

순진한 바보, 파르치팔(Pazival, 13세기 볼프람 폰 에셴바흐 Wolfram von Eschenbach가 쓴 같은 이름의 중세 독일 궁정문학 대표 작품의 주인공 이름. 바그너의 오페라로 유명함 - 옮긴이)처럼 충만한 모험심으로 그는 대담하게 예측할 수 없는 정신에 사로잡혀, 아무것도 알지 못한 채 에로스의 횃불을 독으로 오염된 상처 위로 가까이 대며 몸을 굽혔던 것입니다. 그가 찾아옴으로써 - 그의 삶에서 오랫동안 기다려 온 - 치유가 가능해졌지만, 치유의 시기가 너무 늦어 저물어가는 최후의 저녁 시간에야 그가 집안으로 들어온 것입니다.

젊은이의 모습에 관해 묘사하기 시작하면서, 어둠 속에서 그의 목소리가 밝게 떠올랐습니다. 언어의 마력을 가진 그의 입술이 뒤늦게 사랑하게 된 그 젊은이에 관해 이야기할 때에는 밝은 빛이 그의 목소리를 정화하는 듯 했으며, 깊은 울림을 주는 다정함이 그 목소리에 선율을 실어 주었습니다.

나는 흥분과 공감어린 행복함에 몸이 떨렸지만, 불현듯 그것은 망치처럼 나의 심장을 내리쳤습니다. 왜냐하면, 선생님이 말하고 있는 그 뜨거운 젊은이... 그가... 바로.... 나 자신이었던 것입니다. 나는 너무도 부끄러워 얼굴이 화끈거렸습니다.

불타는 거울에서 뛰쳐나오듯, 반사되는 빛만으로도 모든 것을 태워버릴 것만 같은, 전혀 예감치 못한 사랑의 광채에 휩싸여 앞으로 걸어 나오는 나 자신을 보았습니다. 그랬습니다. 그 사람이 곧 나였습니다. 나는 점점 더 뚜렷하게 다가오는 나를, 감격에 사로잡힌 나를 알아보았습니다. 광신적으로 그에게 가까이 다가가고 싶은 마음, 정신적인 것만으로 만족하지 못하고 간절히 갈구하는 황홀, 그 힘을 미처 알지 못한 채 창조적인 것을 샘솟게 하는 씨앗을 다시 한번 닫힌 정신 속에서 일깨우고, 이미 쇠잔해서 꺼져가는 에로스의 횃불을 다시금 그의 영혼 속에 불붙여 놓은 어리석고 거친 젊은이로서의 나의 모습을 말입니다.

아울러 나는 깨달았습니다. 용기없는 내가 그에게 어떤 의미였는지를. 걷잡을 수 없이 들이닥치며 넘쳐 흐르던 내 감정을 그는 쇠잔해 가는 사람의 가장 성스러운 놀라움으로 사랑했던 것입니다.

그와 동시에 나를 밀쳐내려는 그의 의지가 얼마나 강했는지도 깨닫게 된 순간, 나는 전율했습니다. 그는 순수하게 사랑하는 나로부터 비웃음이나 거절, 굴욕을 당해 구경꾼이 되는 것을 원치 않았습니다. 운명의 마지막 은총에 욕정의 장난이 끼어들도록 하고 싶지 않았던 것입니다. 그렇기 때문에 선생님은 내가 달려드는 것에 그토록 격렬하게 저항했고, 얼음 같은 말들을 급격히 쏟아냄으로써 나의 감정을 물리쳐 버리려고 한 것입니다.

그는 부드럽게 건네는 우정의 표현을 상투적인 엄격함으로 날카롭게 물리쳤고, 다정하게 감싸는 내 손을 억지로 억제한 것입니다. 그저 나를 위해, 내가 냉정함을 잃지 않게 하고 나를 지켜주고자 자신을 엄격하게 절제했던 것이지만, 그것이 몇 주일 동안 내 영혼을 혼란에 빠뜨린 것입니다.

압도적 관능에 못 이겨 몽유병 환자처럼 삐걱거리는 계단 위로 올라 왔으면서도, 오히려 모욕적인 말을 내뱉음으로써 우리의 우정을 유지할 수 있었던 그날 저녁의 혼란스러움은 이제 소름끼칠 정도로 명백해졌습니다. 선생님이 나 때문에 얼마나 무섭게 고민하고, 나 때문에 얼마나 지독하게 자신의 감정을 억제해 왔는지, 나는 열병에 걸린 것처럼 몸을 떨며 감동하고, 흥분하며 이해하고, 그를 향한 애틋함에 녹아들었습니다.

어둠 속의 그 목소리, 어두움을 파고드는 그의 목소리, 그것이 내 폐부 깊은 곳, 내 가슴 속까지 적시는 것을 느꼈습니다. 그의 목소리에는 내가 그전에는 결코, 그 이전이나 그 이후에도 한 번도 들어보지 못한 음향이 들어있었습니다. 그것은 깊은 곳에서 울려나오는, 평범한 운명은 절대 알아차릴 수 없는 음향이었습니다.

그리하여 한 인간이 인생에 단 한차례, 한 인간만을 위해 말하고는 영원히 침묵한 것입니다. 마치 죽어가면서 딱 한 번 쉰 목소리로 소리쳐 노래 부른다고 알려진 백조의 전설처럼... 그의 목소리를 나는 떨면서 고통스럽게 받아 들였습니다. 한 여자가 남자를 자기 몸속에 받아들이듯, 뜨겁게 토해나온 불이 밀려드는 것처럼...

갑자기 그의 목소리가 침묵했습니다. 우리 사이에 어둠만이 있었을 뿐입니다. 그가 내 옆에 있다는 것만은 알 수 있었습니다. 나는 그저 손이라도 내밀 수밖에 없었고, 손을 뻗자 그의 몸의 감촉이 느껴졌습니다. 아파하는 그를 위로해주고 싶은 마음이 강하게 일었습니다.

하지만 그 때 그가 몸을 일으켰고, 불이 갑자기 켜졌습니다. 피곤하고 노쇠한 그가 갑자기 의자에서 벌떡 일어났습니다. 나이들고 기력이 다 빠진 한 남자가 천천히 내게 다가오는 것이 보였습니다

"롤란트, 잘 가게... 이제 우리 사이에 더 이상 할 말은 없네! 자네가 와 주어 좋았어... 그리고 자네가 떠나는 것이 우리 두 사람 모두에게 좋아... 잘 지내게... 그리고... 자네에게 작별 키스를 할 수 있도록 해주게!"

마법의 힘에 이끌린 것처럼 나는 비틀거리며 그에게 걸어갔습

니다. 전에는 두 눈이 이리저리 뒤엉킨 안개 때문에 억눌린 빛처럼 희미했다면, 지금은 활활 타올랐습니다. 이글거리는 불꽃이 그의 두 눈에서 작열하고 있었습니다. 그는 목마른 듯 나를 끌어당겨 자신의 입술을 나의 입술에 덮으면서 경련을 일으키며 힘차게 내 몸을 바싹 끌어안았습니다.

그것은 내가 그 전에 어느 여자에게도 받아본 적이 없는 키스, 죽음의 울부짖음 같은 거칠고 절망적인 키스였습니다. 그의 몸의 떨림과 경련이 내게 고스란히 옮겨졌습니다. 낯설고 두려운 감정, 그 이중적인 느낌 때문에 온 몸이 오싹해졌습니다. 내 정신을 맡기면서도 남자의 몸이 닿을 때 느껴지는 이질감에 마음 속 깊은 곳에서 겁이 났지만, 그와 동시에 이상야릇한 감각에 사로잡혔습니다. 나를 짓누르는 그 순간이 점점 더 나를 완전히 마비시킬 것 같은 스산한 감정의 혼란이 느껴졌습니다.

그는 나를 놓아 주었습니다 - 그것은 마치 강압적으로 한 몸을 떼어내듯 밀쳐 낸 것이었습니다. - 그리고 간신히 몸을 돌려 의자에 몸을 던지고 내게 등을 보이고 앉았습니다. 그는 꼼짝하지 않은 채 몇 분 동안 혼자 허공을 바라보았습니다. 그러나 차츰 머리가 무거운 듯 피곤하고 지친 표정으로 몸을 숙이

더니 자기 몸을 주체하지 못해 한참을 비틀거렸습니다. 갑자기 깊이 추락하듯 희미하고 메마른 소리와 함께 아래로 숙인 이마가 무겁게 책상 위로 떨어졌습니다.

끝없는 연민이 내 마음 가득 밀려왔습니다. 나도 모르게 그에게 다가갔습니다. 그런데 그 때, 엎드린 그가 다시 한번 몸을 일으켜 등을 보이면서 뻣뻣해진 손 틈 사이로 낮고 흐릿하게 위협하듯 신음 소리를 내뱉었습니다.

"가!... 가!... 내게 오지 마!... 가까이 오지 마!... 제발 부탁이야... 우리 두 사람을 위해서... 이제 가... 어서 가!"

나는 그의 마음을 이해했습니다. 몸을 떨면서 나는 뒤로 물러났습니다. 도망치는 사람처럼 사랑했던 그 공간을 그렇게 떠난 것입니다.

나는 두 번 다시 선생님을 만나지 못했습니다. 편지도, 소식도 받아본 적이 없습니다. 그의 저술은 출판되지 않았고 그의 이름은 잊혀졌습니다. 오직 나를 제외하고 그를 아는 사람은 아무도 없습니다.

그렇지만 나는 지금도, 아무 것도 몰랐던 소년으로서 느꼈던 그때의 그 감정을 똑같이 느끼고 있습니다. 그를 알기 전의 내 부모님과 그를 알고 난 후의 내 아내와 아이들, 그 누구에 대해서도 그보다 더 고마워하지도, 더 사랑하지도 않았다는 것을.

역자 후기
미적 체험의 황홀한 쾌감,
심미적 정신 세계로의 여행

역자후기

미적 체험의 황홀한 쾌감, 심미적 정신 세계로의 여행

서정일

소설가, 에세이스트, 극작가, 평전 작가, 번역가 등 다방면에
서 문학적 재능을 발휘한 슈테판 츠바이크는 그 스스로 포
착한, 오로지 감정만으로 다가설 수 있는 인생의 깊은 마법
에 매혹된 작가이기도 했다. 그래서인지 그의 단편소설과 산
문 속의 인물들은 (평론가 크누트 베크 Knut Beck의 표현을
빌리면) 유달리 예민한 '감수성'(Sensibilität)과 '울림 있는
파토스'(das vibrierende Pathos)의 색채가 강한 인물들이다.
츠바이크가 첫 번째 단편집을 출간한 것은 세기 전환기 무렵
이자 혈기왕성한 20대 중반의 청년이었던 1904년이었다. 그
러나 이후 그는 한 동안 소설 창작을 중단한 채 시와 드라마,

에세이를 쓰거나 번역 활동에 전념했다.

다시 소설가로 돌아온 것은 다양한 활동과 경험 그리고 여러 사람들과의 교류를 통해 정신적 자양분을 축적한 이후였다. 그렇지만 새로운 주제와 소재를 탐색한 것이 아니라 젊은 시절 관심을 갖고 있던 주제들과 씨름했다. 대립적이고 모순적인 인물들 간의 긴장 관계와 그로 인해 빚어지는 갈등과 좌절의 이야기가 그 가운데 하나였다. 특히 『감정의 혼란』에는 작가 자신의 경험이 곳곳에 배어 있다.

예를 들면, 격정적으로 표출된 자유의 열정에 사로잡혀 있던 주인공 롤란트가 '곰팡내 나는 공기와 설교조의 강의에 지독한 권태로움'을 느끼며, '옹졸하고 진부한 풍토로 가득 찬 답답한 교실'이라 묘사한 학교 분위기는 츠바이크 자신의 회고록, 『어제의 세계』(Die Welt von Gestern)에서 언급한 자신의 학창 시절 경험과 너무 흡사하다. 이 회고록에서 그는 답답하고 황량한 공부를 강요하는 학교가 학생들을 메마르고 생명 없는 차디찬 공부기계로 만듦으로써 인간의 내면을 형성하지 못하고 기성세대가 만든 체계에 저항 없이 적응하도록 훈련시키는 19세기말 오스트리아 빈의 경직된 교육 현실에 관해 밝힌 바 있다.

츠바이크는 『감정의 혼란』이 껄끄러운 문제들 때문에 출간이 원활히 진행될 수 없을 것 같다는 소회를 밝힌 적이 있는데, 그것은 지금까지도 문학의 주제로 터부시되는 '동성애'가 외적 소재였기 때문으로 보인다. 그러나 깊게 보면, 『감정의 혼란』을 관통하는 핵심은 예상치 못한 순간과의 마주침, 그것을 통해 느끼는 뜨거운 심미적 체험이다. 이 소설은 이렇듯 순간순간이 한 청춘을 강렬함으로 소환한 다양한 색채의 첫 감정들 그리고 그것과의 충돌로 충만하다. "순간은 우리를 훨씬 더 변하게 만든다."는 그의 표현처럼 말이다. 이 소설의 앞부분에서도 이것은 명시적으로 드러난다.

우리는 무수히 많은 순간들을 경험하지만, 우리의 완전한 세계가 고양되는 순간, (스탕달 Stendhal이 기술한 바와 같이) 모든 진액을 빨아들인 꽃들이 순식간에 한데 모여 결정(結晶)을 이루는 바로 그 순간은, 언제나 단 한 순간, 오직 한 번 뿐입니다. 그것은 생명이 탄생하는 시간처럼 마술적이며, 체험된 비밀로 삶의 따뜻한 내면에 꼭꼭

숨어있기에 볼 수도, 만질 수도, 느낄 수도 없습니다.(본문 17쪽)

감수성이 풍부한 사춘기 소년에게 어떤 자극도 호기심도 충족시켜주지 못하고 유희의 감성을 발산하지 못하게 하는 고향과 달리, 남성적 활력으로 충만한 타지(베를린)에서 엄청난 황홀함으로 자유의 감정을 마음껏 분출하던 젊은 롤란트는 홀연 하숙집으로 찾아온 아버지와의 단 한 차례의 진심어린 대화를 통해 정신적인 것에 온 힘을 쏟으려는 결심을 한다.

학업을 위해 옮긴 대학에서 문제의 그 인물, 교수와의 첫 만남은 이러한 순간의 정점이다. 그 순간은 '랍투스'이자 '카이로스'였으며, 마치 회심의 체험과 같다. 심장이 찔린 것처럼, 감각이 쇄도하며 솟구치는 것을 체득하며, 난생 처음 문학과 시, 예술을 갈망하게 되고, 한 인간에 대한 숭모(崇慕)와 경외(敬畏), 거대한 불꽃에 의해 매혹되어 혈관 속까지 스며든 순간의 경험, 그 심미적 체험의 생생한 묘사는 감정의 예민한 촉수를 밀도 있게 형상화한 츠바이크였기에 가능했을 것이다.

그날의 강의가 나의 호기심에 정열의 불을 붙여 놓았으며, 한 번도 읽어보지 못한 시적 언어를 읽게 만든 것입니다. 그러한 변화를 어떻게 설명할 수 있겠습니까? 그런데 돌연 셰익스피어의 문장 속에서 또 다른 세계가 내게 달려왔고, 그의 언어가 마치 수백 년 동안 나를 찾고 있었던 것처럼 오로지 내게만 다가오는 것 같았습니다. 그의 시들은 거대한 불꽃으로 나를 매혹하며 혈관 속까지 스며들었고, 잠든 상태에서 날아가는 꿈을 꾸는 것처럼 야릇하게 풀어지는 느낌을 선사했습니다.(본문 52쪽)

교수와 마주한 첫 순간의 강렬한 느낌과 뜨거운 감정은 그전까지 완벽하게 단절되었던 자신과 정신적 세계 사이에 서 있던 장벽을 부숴버리고 말았다. 그 열정이야말로 이제 황혼기를 맞아 노학자가 된 롤란트 자신에게 깊게 아로새겨져 있었다. 롤란트의 고백처럼 인간이 스스로의 경계를 넘어서는 것은 한 순간이면 충분한 것이었다. 한 인간으로 하여금 스스로를 반추하게 만드는 전환점은 지성적인 인식, 냉철한 깨달음만이 아니라, 온 몸으로 체감하게 되는 심원한 것에 대한 형언할 수 없는 느낌, 가슴 깊은 곳에서 솟아오르는 어떤 뜨거움의 순간 또한 그 계기일 수 있음을 암시하는 것은 아닐까?

자본화된 현실은 수많은 청춘들을 스스로 경쟁에 최적화된 존재, 사회적 활용성과 실용성을 확인받게 하는 '호모 에코노미쿠스'(homo oeconomicus)로, 타자는 경쟁의 대상으로 여기는 질주 트랙으로 내몰고 있다. 결국 현대의 청춘들은 그것이 체계이고 질서이며, 거대한 법칙이라고 내면화하여 선선히 받아들이게 된다. 이러한 순응의 질서가 고착화되는 상황에서는 의미를 추구하는 인격체가 되기 위해 필수적인 '고독과 자유'를 통한 성찰, 젊음의 내면에 웅크린 '울림 있는 파토스'를 듣는 체험은 쉽지 않을 것이다. 그런데 이 소설의 주인공 롤란트는 언어의 전령이자 창조적인 정신으로 가득 찬 존재, 체계적으로 질서가 잡혀있는 우리 세계의 일상적인 모든 일과 무관한 곳을 지향하는 존재와의 만남을 통해 난생 처음으로 길조차 없는 머나먼 정신세계에 대한 어렴풋한 느낌으로 이끌린다.

현세의 기능적 요구와 욕구를 악착같이 따라야 하는 것이 삶의 내용이라면, 모든 이의 심성에 내재해 있지만 정작 대부분의 사람들이 평생 느끼지 못하는, 미적 체험의 황홀한 쾌락, 심미적 정신세계로의 여행이야말로 인간 삶의 본질임을 이 작품은 어렴풋이 암시하고 있다. 물론 그 '감정'에 도달하는 과정이 '혼란'으로 점철될 수 있겠지만, 그것을 한 번 향유해 본 사람이라면 그 매혹의 깊이를 가늠할 수 있을 것이다.

부록
슈테판 츠바이크의 유서

Declaração

Ehe ich aus freiem Willen und mit klaren Sinnen
aus dem Leben scheide, drängt es mich eine letzte Pflicht
zu erfüllen: diesem wundervollen Lande Brasilien
innig zu danken, das mir und meiner Arbeit so gute
und gastliche Rast gegeben. Mit jedem Tage habe ich dies
Land mehr lieben gelernt und nirgends hätte ich mir
mein Leben lieber vom Grunde aus neu aufgebaut,
nachdem die Welt meiner eigenen Sprache für mich
untergegangen ist und meine geistige Heimat Europa
sich selber vernichtet.

Aber nach dem sechzigsten Jahre bedürfte es besonderer
Kräfte um noch einmal völlig neu zu beginnen. Und
die meinen sind durch die langen Jahre heimat-
losen Wanderns erschöpft. So halte ich es für besser,
rechtzeitig und in aufrechter Haltung ein Leben abzu-
schliessen, dem geistige Arbeit immer die lauterste Freude
und persönliche Freiheit das höchste Gut dieser Erde
gewesen.

Ich grüsse alle meine Freunde! Mögen sie die Morgen-
röte noch sehen nach der langen Nacht! Ich, allzu
Ungeduldiges, gehe ihnen voraus.

Stefan Zweig

Petropolis 22. II 1942

츠바이크의 유서 원본

유서

나는 자유로운 의지와 명료한 정신으로 삶으로부터 이별하기 전에, 나의 마지막 의무를 마무리하고 싶습니다. 나와 나의 창작 활동에 이렇게 훌륭하고 편안한 안식처를 제공해 준 아름다운 나라, 브라질에 진심으로 감사의 말씀을 전합니다. 나는 매일 이 나라를 사랑하게 되었습니다. 그리고 나의 언어의 세계가 몰락했고 나의 정신적 고향인 유럽이 스스로 파멸의 길을 걸은 이 후, 나의 삶을 새롭게 일으켜 세우는 데 이 나라 이외에 다른 곳은 없었을 것입니다.

하지만 60년이 넘는 삶을 살다보니 다시 한 번 새롭게 시작하기 위해서는 특별한 정신력이 필요했습니다. 그러나 오랜 세월 동안 고향을 잃고 떠돌다보니 나의 정신력은 완전히 소진되고 말았습니다. 그리하여 나는 적절한 때에 그리고 당당한 자세로 삶을 마감하는 것이 옳다고 생각하기에 이르렀습니다. 나의 삶에서 정신적인 활동은 언제나 가장 순수한 기쁨이었으며 개인의 자유야말로 이 땅에서 가장 고귀한 재산이었습니다.

나의 모든 친구들에게 인사를 전합니다! 바라건대 그대들은 이 긴 밤이 지나면 떠오를 아침노을을 볼 수 있기를 바랍니다! 나는, 너무 성급한 이 사람은 여러분보다 먼저 떠납니다.

슈테판 츠바이크

페트로폴리스, 브라질 1942년 2월 22일